btb

Buch

Heinrich Grewent ist Betriebswirt bei der Firma Prosan Hygienepapiere AG. An einem verregneten Oktobertag sieht er die Unterlagen zu einem neuartigen Wandhalter für feuchtes Toilettenpapier durch, das die Firma vor einiger Zeit auf den Markt gebracht hat. Doch an diesem Tag kommt er nicht recht mit der Arbeit voran. Immer wieder unterbrechen ihn Gedanken an seine Frau Gerda, die ihm seit kurzem merkwürdig gereizt begegnet. Auch im Büro zeichnen sich für Grewent zusehends unerfreuliche Entwicklungen ab. Vor allem Dr. Assmann, der neue Leiter der Marketingabteilung, in Grewents Augen ein »schnöseliger Lackaffe«, fordert, Traditionen über Bord zu werfen und einen »Paradigmenwechsel« in der Firmenstrategie einzuleiten. Als Grewent überraschend den Auftrag erhält, nach Hamburg zu reisen, um dort an Vertragsverhandlungen mit einem neuen Werbepartner teilzunehmen, brechen seine mit äußerster Selbstdisziplin in Schach gehaltenen Ängste und Obessionen durch. Schon auf dem Bahnhof findet er sich nur mühsam zurecht, jede Begegnung gerät ihm zur Bedrohung. Während der Zugfahrt verknoten sich Kindheitserinnerungen, Tagträume und Wahngebilde, die Furcht um Gerdas Liebe, Haß auf Dr. Assmann und die Ungewißheit, was ihn in Hamburg erwartet, zu einem Schreckensszenario, dem er womöglich nur noch mit einem radikalen Neuanfang entkommen kann.

Autor

Christoph Peters wurde 1966 in Kalkar (Niederrhein) geboren. Er hat von 1988 bis 1994 an der Staatlichen Akademie der Bildenden Künste in Karlsruhe Malerei studiert. Für sein Romandebüt »Stadt Land Fluß« (1999) erhielt er u.a. den Niederrheinischen Literaturpreis und den »aspekte«-Literaturpreis. Christoph Peters lebt in Berlin.

Christoph Peters bei btb

Kommen und gehen, manchmal bleiben. Roman (73060)
Stadt Land Fluß. Roman (73274)
Das Tuch aus Nacht. Roman (73343)
Ein Zimmer im Haus des Krieges. Roman (HC 75129)

Christoph Peters

Heinrich Grewents Arbeit und Liebe

Eine Erzählung

btb

»Heinrich Grewents Arbeit und Liebe« erschien erstmals 1996
im Dreieck-Verlag, Mainz.
Für die vorliegende Ausgabe wurde der Text vom Autor
neu durchgesehen.

FSC
Mixed Sources
Product group from well-managed
forests and other controlled sources

Cert no. GFA-COC-1223
www.fsc.org

Verlagsgruppe Random House FSC-DEU-0100
Das für dieses Buch verwendete FSC-zertifizierte Papier *Munken Print*
liefert Arctic Paper Munkedals AB, Schweden.

1. Auflage
Genehmigte Taschenbuchausgabe August 2007, btb Verlag
in der Verlagsgruppe Random House GmbH, München

Umschlaggestaltung: Design Team München
Umschlagmotiv: Corbis
Satz: Uhl+Massopust, Aalen
Druck und Einband: Clausen & Bosse, Leck
EM · Herstellung: BB
Printed in Germany
ISBN 978-3-442-73064-3

www.btb-verlag.de

1. Ein Idyll

Die Straßenbahn der Linie neun wartete in ihrem grellen Orange am zweiten Haltestellenschild der Endstation. Oberhalb der Frontscheibe hatte die Fahrtzielanzeige bereits gewechselt. Es war kurz vor acht, der Fahrer las Zeitung. Er rechnete nicht mit vielen Gästen. Um diese Zeit drängten die Menschen zur Arbeit ins Industriegebiet, aber kaum einer hatte Grund, jetzt zurück in die Innenstadt zu fahren, wie auch: Außer dem einen oder anderen Pförtner wohnte hier niemand.

Obwohl der erste Morgen noch einen lichten Oktobertag angekündigt hatte, zog sich gerade kräftige Bewölkung zusammen, die einstweilen der Sonne von Osten her Löcher ließ, so daß rasch wechselnd eine Baumgruppe, eine Fertigungshalle, ein Abschnitt des träge dahinfließenden Rheins in Licht getaucht wurde.

Den Hintergrund bildete eine dunkle Wolkendecke, die anzeigte, daß in Kürze mit einem Schauer zu rechnen sei, auf den satter Landregen folgen würde, um den ganzen Tag anzudauern und erst gegen Abend wieder einem ähnlich aufgerissenen Himmel zu weichen. In der Luft hing ein stechender Geruch von der benachbarten Chemiefabrik her, dem sich, wenn der Wind drehte, Schwaden der gegenüberliegenden Kaffeerösterei unterschoben. Zusammen bildeten sie ein so bestimmendes Gemisch, daß der Rhein seinen andernorts beherrschenden Flußgeruch aufgegeben hatte. Von der Haltestelle lief die Straße an dem aus Rohren und Schornsteinen dampfenden Heizkraftwerk vorbei auf das alle übrigen Gebäude überragende Lagerhaus der Firma *Prosan Hygienepapiere AG* zu. Unmittelbar vor der Werkseinfahrt teilte sie sich und führte zwischen Umzäunung und Wasser um das beträchtliche, eher locker bebaute Firmengelände herum. Vor der Verladerampe am linken Teil des Bürotraktes, der auch den Eingang zum Lager bildete, stieg ein schnauzbärtiger Mann aus seinem Lastzug, nahm die Treppe in zwei Sätzen, um sich in der Verwaltung seine

Lieferscheine abzeichnen zu lassen und ein paar Worte mit dem Lagerangestellten zu wechseln, ehe er mit dem Entladen seines Wagens anfing.

Im vierten und damit obersten Geschoß des Bürotrakts saß Heinrich Grewent an seinem Schreibtisch. Da er ein Eckzimmer hatte, konnte er durch ein Fenster auf den Rhein und durch das andere zur Straßenbahnhaltestelle schauen, wo sich der Fahrer von der durch ein neuerliches Wolkenloch brechenden Sonne derart geblendet sah, daß er seine Zeitungslektüre unterbrach und ausstieg, um vor der Fahrt noch eine Zigarette zu rauchen.

Für Grewent war es der Moment zwischen dem Abschluß der Arbeitsvorbereitungen und dem Beginn der Arbeit selbst. Er hatte die neuen Unterlagen vor sich ausgebreitet. Sie betrafen die Entwicklung eines speziellen Wandhalters für das feuchte Toilettenpapier, das *Prosan* anderthalb Jahre zuvor erfunden hatte. Er selbst hatte das Projekt angeregt. Daraufhin waren von Markt- und Meinungsforschungsinstituten Umfragen und Analysen erstellt worden. Die Kostenrechnungsabteilung hatte verschiedene Investitionskonzepte kalkuliert. Grewent wollte sich heute einen ersten Überblick verschaffen. Gewöhnlich erhielt er zudem zweimal täglich neue Unterlagen über die Hauspost. Dringend benötigte Informationen holte seine Sekretärin, Frau Saibling, persönlich für ihn, wenn die zuständige Abteilung ihm zuvor zugesichert hatte, sie umgehend herauszusuchen. Von anderen Sekretärinnen beigebrachte Akten schließlich nahm Frau Saibling in Empfang, damit er nicht häufiger als nötig gestört wurde.

Er würde die Blätter unter diversen ökonomischen Fragestellungen durcharbeiten: Zunächst mußte er feststellen, welche Gesetze von Wichtigkeit sein könnten, dann, welche Konsequenzen daraus hinsichtlich des anstehenden Projekts in verschiedenen Szenarien gezogen werden müßten, angefangen bei einer optimal verlaufenden, über eine nachteilige, bis hin zu einer außer Kontrolle geratenen Entwicklung, erstens des Projekts, zweitens des Unternehmens, drittens der Zulieferbetriebe, viertens der Gesamtkonjunktur sowie der wichtigsten Währungen. Er würde Prognosen wagen, mit welchen Problemen zu rechnen sei, und Stützungsmaßnahmen vorschlagen, mit denen das Unternehmen auf Unerwartetes reagieren könnte. Heinrich Grewent würde also die Unterlagen bearbeiten, indem er anhand dieser Erwägungen Worte, Sätze, hin und wieder ganze Abschnitte mit seinem breiten gelben Filzschreiber hervorhob, oder indem er mit dem Kugelschreiber Bemerkungen, die er lautlos, nur an der Bewegung der Lippen erkennbar, vor sich hinsprechend formuliert hatte, an den Rand oder zwischen die Zeilen schrieb. Sobald er einen Teilbereich durchgesehen hätte, würde er aus den bearbeiteten Unterlagen neue Unterlagen herstellen. Dazu war es notwendig, die entsprechenden Papiere in ihrer Gesamtheit vorzunehmen, sie in Gruppen, Blöcke oder Reihen zu ordnen, dickere Stapel in Unterstapel aufzuteilen. Einzelne Blätter, die für den Vorgang zentrale Informationen enthielten, mußten aussortiert und gesondert gelegt werden. Wenn dabei der Platz auf dem Schreibtisch nicht reichte, wich er auf den Fußboden aus, wo er mit Lineal und farbigen Stiften zwischen den Blättern kniete oder kroch. Allein deshalb war es gut, daß Frau Saibling unangemeldete Besucher abfing. Die Abschnitte wurden umrahmt, eingekreist, in Kästen gezwängt, damit er sie später mit Hilfe unterschiedlicher

Pfeilarten rauf und runter und quer, auch über Blattgrenzen hinweg verschieben konnte. Oder er legte mittels mehrerer einander über- und untergeordneter Numerierungssysteme Reihenfolgen fest, bis die Struktur der künftigen Unterlagen seinen Vorstellungen entsprach. Ließ sich wegen der Fülle des Materials auf diesem Weg keine Ordnung herstellen, nahm er seine kleine Schere aus dem Stifthalter. Im Schneiden hatte er durch die Übung eine gewisse Meisterschaft erlangt. Es erfüllte ihn jedes Mal mit kindlichem Stolz, wenn er bei sehr engen Zeilenabständen die Schnitte sauber durchgeführt hatte, ohne den kleinen *g*'s, *j*'s, *p*'s, *q*'s und *y*'s ihre unter die Grundlinie reichenden Glieder abzutrennen. Über diese Schnipsel konnte er nach Gutdünken verfügen. Selbst wenn sich die Wörter, Zeilen und Absätze hartnäckig gegen seine Numerierungsversuche gewehrt, sich gegen ihre Festsetzung in Kästen gestemmt, dem Befehl der Pfeile verweigert hatten, jetzt mußten sie ihm zu Willen sein. Waren endlich alle Vorbereitungen für die neuen Unterlagen abgeschlossen, holte Heinrich Grewent das Diktiergerät aus der Schublade. Dabei murmelte er etwas wie ›Die Zeit der

Debatten ist um!‹ und machte eine wegwerfende Handbewegung in Richtung der auf dem Boden verteilten Blätter.

Das Diktieren war ihm die liebste Tätigkeit. Zunächst, weil in diesem Augenblick alle Mühen vergessen waren: die Niederlagen, wenn sich eine Konzeption, über der er tagelang gebrütet hatte, auf einmal als unpraktikabel erwies; die Angst zu scheitern; der kalte Schweiß auf der Stirn bei dem Gedanken, Dr. Kronberg, seinem Vorstand, gegenübertreten zu müssen mit dem Bekenntnis: ›Ich bin der Sache nicht gewachsen.‹ Vor allem der Nacht für Nacht wiederkehrende Alptraum, morgens ins Büro zu kommen, und sämtliche Blätter lägen als ein akkurater Stapel auf seinem Schreibtisch, daneben stünde die Putzfrau, übers ganze Gesicht strahlend: ›Herr Grewent, ich habe ein bißchen aufgeräumt.‹ Das lag hinter ihm, wenn er im Schneidersitz mit dem Diktiergerät in der Hand zwischen den geordneten Papieren saß.

Auch das Diktieren selbst bereitete ihm Freude. Er artikulierte jedes Wort mit Respekt, berücksichtigte seinen Zusammenhang zum vorigen und zum folgenden. Es gab Gründe, deretwegen es dort stand, und Heinrich Grewent hätte sie nennen können. Er las langsam, betonte die einzelnen Phrasen so, daß Frau Saibling anhand der Hebungen und Senkungen seiner Stimme in der Lage gewesen wäre, Satzzeichen zu setzen. Gleichwohl sagte er ›Komma‹, ›Punkt‹ und ›Ausrufezeichen‹, schon damit Rückfragen unterblieben. Manchmal schlug er während des Sprechens mit der flachen Hand einen gleichförmigen Rhythmus auf den Teppich, der über wichtigen Passagen zum Rhythmus der Worte wurde. Wenn er ›Punkt‹ sagte, richtete sich sein Oberkörper ruckartig auf, und für einen Moment verharrte der Zeigefinger als Befehl im Raum.

Grewent schaute auf die Uhr. Es war zehn nach acht. Im Nebenraum klapperte die Schreibmaschine. Er hatte, als er mit seiner jetzigen Position auch Jutta Saibling als Sekretärin übernahm, sie gebeten, wie er selbst pünktlich mit der Arbeit zu beginnen, obwohl es den Tatbestand der Unpünktlichkeit seit der Einführung flexibler Arbeitszeiten eigentlich nicht mehr gab. Grewent begann dennoch immer um acht Uhr, und er blickte mit Skepsis, in die Verachtung gemischt war, auf Kollegen, die Schwierigkeiten mit dem Aufstehen hatten und deshalb erst gegen neun Uhr dreißig stachen – kurz bevor die Flexibilität an ihre Grenze stieß. Frau Saibling war seinem Wunsch nicht nur widerspruchslos nachgekommen, sondern hatte sich im Verlauf ihrer Zusammenarbeit seiner Beurteilung der Frage angeschlossen, so daß sie ihn, wenn er im Winter frühmorgens durch ihr Büro ging, oft mit den Worten begrüßte: ›Wir beide, Herr Grewent, sind wieder die einzigen, die vor Sonnenaufgang schon an Arbeit denken.‹ Und Grewent entgegnete: ›Das wird sich rächen, Frau Saibling, langfristig rächt sich das, glauben Sie mir.‹ oder ›Was denken Sie, weshalb uns die Japaner den Rang abgelaufen haben, Frau Saibling.‹

Nebenan hatte sie jetzt bereits die Kopfhörer auf und schrieb. Er sprach mit ihr. Sie entgegnete nichts, fiel ihm nicht ins Wort. Schweigend übersetzte sie sein Sprechen in Anschläge. Sein Sprechtempo war auf ihre Anschlagsfrequenz abgestimmt, so daß sie fast nie unterbrechen mußte, um das Tonband zurückzuspulen und einen Satz, den er zu hastig gesprochen hatte, noch einmal zu hören.

Er mochte Frau Saibling, sie war eine tüchtige Kraft. Tüchtig, zuverlässig und ein wenig fürsorglich. Sie achtete darauf, daß er zumindest einen Teil der ihm zustehenden Pausen wahrnahm. In einer Stunde würde sie klopfen, sein ›Herein‹ abwarten, daraufhin geräuschlos die Tür öffnen und fragen, ob er Kaffee wünsche. Sie fragte jeden Tag, obwohl er jeden Tag Kaffee trank. Und er würde antworten: ›Gern, Frau Saibling, mit anderthalb Löffeln Zucker bitte und …‹

›… und ohne Milch, das weiß ich doch, Herr Grewent.‹

Dabei würde sie nachsichtig lächeln, um nicht zu sagen zärtlich, mütterlich zärtlich.

Ähnlich lächelte jetzt auch Heinrich Grewent, denn sein Blick fiel auf die Schere, die kopfüber in der höchsten Röhre des Stifthalters baumelte und zweimal mit sauberem Ton an deren Innenwand schlug, weil er mit einer Rolle seines Stuhls gegen das Tischbein gestoßen war. Bei dem Geräusch fühlte er sich, wie man sich beim Gedanken an Schwierigkeiten fühlt, die einem vor langer Zeit unüberwindlich erschienen waren, die man am Ende aber gemeinsam in den Griff bekommen hatte. Er schüttelte den Kopf und nickte der Schere kurz zu.

Heinrich Grewent sah noch einmal aus dem Fenster. Tatsächlich regnete es inzwischen. Das störte ihn nicht. Gerda, seine Frau, hatte ihn, bevor er aus dem Haus gegangen war, auf den gestrigen Wetterbericht aufmerksam gemacht (›Tagsüber besonders in den Flußniederungen zum Teil länger anhaltender Regen‹), und er hatte daraufhin die festen Schuhe angezogen und den Schirm eingepackt. Da konnte es ruhig regnen.

Gerda war Grundschullehrerin, und heute begannen ihre Herbstferien.

2. Alle Wetter

Aus Nordosten herangetrieben traf nach kurzem Vorgeplänkel jetzt ein Platzregen schräg auf die Lagerhalle, von der ein breiter Regenschatten auf den Bürobau fiel. Auch Heinrich Grewents nach Süden und Westen gerichtete Fenster blieben verschont. Von der Kante des Flachdachs stach ein trockener Keil ab, ein exakt geschnittener Winkel, in den Heinrich nur vereinzelt Partikel an der Dachkante zerstobener Tropfen sprühen sah, während die Masse auf dem Weg zum Boden ihre Schrägrichtung einbüßte und fast senkrecht, mit anderthalb Metern Abstand zum Haus, einschlug. Die ersten hatten dabei in den vor die Teerwülste zwischen den Betonplatten gewehten Flußsand kleine Krater aufgeworfen, die wegen der Schwere und rasch steigenden Zahl der Tropfen bald wieder zerflossen waren. Der

Weg stand schon ganz unter Wasser, und der Sand verteilte sich gleichmäßig.

Er hätte jetzt mit der Arbeit beginnen können. Alles war gerichtet, Frau Saibling schrieb. Er saß gut, er fühlte sich wach, sehr wach sogar, und normalerweise hätte er sich mit Eifer in die neuen Unterlagen vertieft. Unbekannte Unterlagen zu neuen Projekten erregten ihn. Der Wandhalter trieb ihn seit Wochen um. Heute jedoch erschienen Heinrich die Papierberge auf seinem Schreibtisch als lebloser Aktenwust bar jeden Reizes. Er meinte ein Ziehen in der Magengegend zu spüren. Oder zog es vom Rücken her? Mehrmals drückte er sich die Daumen in den Bauch und in die Muskelstränge längs der Wirbelsäule, beides schmerzte, vermutlich hatte er zu stark gedrückt, möglicherweise war er verspannt.

Unvermittelt stand er auf, trat an das Westfenster und preßte sein von der Rasur gerötetes Gesicht gegen das kühle Glas. Er drehte den Kopf in den Nacken, bis er einen stechenden Krampf spürte, und das nur, weil er sich die Tropfenexplosionen an der Dachkante genauer anschauen wollte. Allerdings war so nicht viel mehr zu erkennen als vom Tisch aus. Er öffnete das Fenster, um sich hinauszulehnen, rücklings und gefährlich weit. Erst jetzt sah er die Tropfen im Augenblick des Einschlags: Es waren wenige, vereinzelte, und sie gebärdeten sich, als hätten sie nie zur Masse gehört, als entstammten sie einer anderen Wolke, einer höheren am Rand der Atmosphäre, wo die Luft dünn war. Mit dem Regen schienen sie nichts gemein zu haben, jeder barst für sich, wurde zerstoßen, aus seinem Leib gezerrt und in den Raum geschleudert, als hätte es ihn nur gegeben für diesen Moment.

Gerda wäre ärgerlich gewesen, wenn sie ihn beobachtet hätte. ›Du kannst dir den Tod holen. Weißt du, wie tief das ist? Wo hast du deine Gedanken!‹ Er bemerkte, daß er im Zug stand, und schloß das Fenster. – Gerda war in letzter Zeit merkwürdig gereizt. Am Wochenende hatte sie nur das Nötigste mit ihm gesprochen, war seinen bittenden Augen ausgewichen. Und auch sonst nichts.

Abwesend und klamm lehnte Heinrich Grewent an der Scheibe und kaute am Nagel seines Zeigefingers. Sein Blick irrte umher, ohne irgendwo hängenzubleiben. Er schweifte über Aktenstapel, glitt über die Halogenleuchte, den

Stifthalter, das Telephon, über die an der falschen Stelle der Wand plazierten Schiffe von Monet, wie sie selbstvergessen in der Nachmittagssonne schaukelten, über Steckdosen, das Kopiergerät und den Firmenkalender mit dem Photo aus der Anzeigenserie für *Prosan feucht classic*: ein sauberer, über bemooste Steine sprudelnder Gebirgsbach, darin halb umspült die hellblaue Kunststoffdose, aus der sich seidig schimmernd ein Blatt herauswand. Er sah, daß der rote Plastikrahmen, mit dem man das Datum markierte, noch bei Freitag, dem siebzehnten, klemmte, aber es fiel ihm nicht ein, ihn an seinen heutigen Platz zu rücken.

Freitag war er spät zu Hause gewesen. Sie hatten fernsehen wollen, eine amerikanische Komödie mit Cary Grant oder Rock Hudson und einer blonden Frau. Gerda mochte diese Art Filme gern, aber er hatte sich vor Müdigkeit kaum konzentrieren können. Nach zwölf Stunden Arbeit hatte er die Augen nur mühsam aufgehalten, ständig war ihm der Kopf zur Seite gesackt. ›Hör auf zu schnarchen, Heinz.‹ Daraufhin war er ins Bett gegangen.

Ob Gerda den Film zu Ende gesehen hatte? Jedenfalls wußte er nicht, wann sie ins Schlafzimmer gekommen war, wenn sie nicht auf dem Sofa geschlafen hatte, was sie manchmal tat, obwohl er es für schädlich hielt.

Sein Rücken schmerzte, es war eindeutig der Rücken. Das konnte auch etwas Ernstes sein. Der Rücken war seine Schwachstelle, erblich bedingt, vielleicht sollte er zum Arzt gehen. Sein Vater hatte vor kurzem einen Bandscheibenvorfall gehabt, seitdem waren seine Füße taub und jedes Bücken eine Qual. Auf alle Fälle müßte er Sport machen, um das Sitzen auszugleichen, wenigstens am Wochenende, oder morgens nach dem Aufstehen Gymnastik.

Geweckt hatte ihn ein ratternder Knall, mit dem auf einen Schlag grelles Licht im Zimmer stand, als hätte es mitten in der Nacht einen Blitz getan, gleißend und unbarmherzig andauernd, nachdem das Echo des Donners in sich zusammengefallen war. Mitten hinein in diese lautlose Helligkeit traf ihn Gerdas Stimme, ›Heinrich, steh jetzt auf, oder willst du den ganzen Tag verschlafen!‹ – Sie hatte mit einem einzigen Ruck die Rolläden hochgerissen, obwohl der Wecker erst zwanzig nach acht zeigte. In spätestens einer halben Stunde wäre er von selbst aufgewacht.

Da sie das Bad nacheinander benutzten, blieben ihm einige Minuten, um sich an den Tag zu gewöhnen. Er zog die Beine gegen den Bauch, sah die in Bügelfalten gelegte Hose knitterfrei an der verspiegelten Schranktür hängen und im Spiegel deren Rückseite ebenso makellos, die aufgespannten Schuhe neben dem Bett und die unachtsam über die Stuhllehne geworfene Jacke. Nebenan plätscherte das Wasser in der Dusche. Er stellte sich vor, wie es an Gerda heruntertroff, wie sie sich das Shampoo ins Haar massierte, den Kopf zurückwarf, um den Schaum auszuspülen, wie sie fröstelnd auf dem Frotteevorleger stand und sich mit einem rauhen Handtuch viel zu unsanft trocken rieb: Gerda, seine Frau, war schön im Morgenlicht. Er hatte Glück gehabt. Vermutlich war ihm ihr Ton nur im Schrecken über den Knall und die plötzliche Helligkeit so schroff erschienen. Gerda hatte ihn wahrscheinlich gar nicht gemeint oder doch auf der Couch geschlafen und sich den Hals verdreht, oder ein Alp war über sie hergefallen, ein Angsttraum, in dem Tausende von Maden um sie herumwimmelten, in sie hineinkrochen, in ihren Unterleib, sie auffraßen, vielleicht hatte sie sterben müssen.

Heinrich kannte diese Träume und wußte, wie verstört sie einen zurückließen.

Als er später geduscht, geföntund guter Dinge die Treppe hinuntergekommen war, hatte es nicht nach Kaffee gerochen, und der Frühstückstisch war nicht gedeckt gewesen, sondern Gerda goß mit der polierten Messingkanne die Kakteenbänke am Küchenfenster. Sie wandte ihm den Rücken zu, drehte sich auch nicht um, als er ›Guten Morgen, Schatz‹ sagte, antwortete nicht einmal mit einem Nicken. Ohne aufzuschauen, verfolgten ihre Augen den Wasserstrahl, der in mit Sand gemischter Erde versickerte. Gerda gediehen die Kakteen prächtig, sie brachte auch seltene und zurückhaltende Arten, die man sonst nur in botanischen Gärten sah, zum Blühen, und in erbarmungswürdigem Zustand, verschrumpelt, in sich zusammengesunken, von Bekannten übernommene Exemplare erholten sich, wenn ein Rest Leben in ihnen war, unter ihren Händen binnen kurzer Zeit. Zögernd, weil er wußte, daß Gerda, beschäftigte sie sich mit ihren Kakteen, nicht gestört werden wollte, war Heinrich hinter sie getreten, hatte ihr die Hand in den Nacken gelegt, über den Haaransatz unter den halblangen Locken gestrichen und ›Was ist denn?‹ gefragt, woraufhin sie unwillig, fast angewidert die Schultern verzogen hatte, daß er seine Finger wegnähme: ›Laß mich.‹

Achselzuckend hatte er die Kaffeemaschine angestellt, das Wasser für die Eier aufgesetzt und begonnen, den Tisch zu decken. ›Ich kauf' dir Brötchen‹, hatte er gesagt und sein Rad aus dem Keller geholt, um zum Bäcker zu fahren. Dazu reichte unter der Woche selten die Zeit. Gerda mochte gern frische Brötchen zum Frühstück. Aber als er zurückkam, schmierte sie sich die zweite Scheibe Graubrot mit Butter und hatte ihr Ei schon gegessen, weil sie wegen seiner Langschläferei derart hungrig gewesen sei, daß sie nicht länger habe warten können und: ›Ich habe dir nicht gesagt, du sollst zum Bäcker fahren.‹

Heinrich setzte sich wortlos und aß auch, obwohl ihm nichts schmeckte.

Später ging er hinaus, mähte den Rasen im Vorgarten, hackte Unkraut zwischen den letzten Blumen: Astern, *King George* mit ihren spirrigen lila Blütenblättern und dem gelben Staubfadenbusch und karminrote *Crimson Brokat*.

Er freute sich, denn das Gras leuchtete saftig grün, obwohl der Sommer trocken gewesen war. Bei den meisten Nachbarn hatte der Rasen Brandflecken davongetragen oder war mit harten Stoppeln durchsetzt. Die anderen würden im nächsten Frühjahr weite Partien neu einsäen müssen, er nicht. Er hatte während der sengenden Hitze im August keinen Urlaub gemacht, statt dessen Abend für Abend seinen Wassersprenger angeschlossen und überhaupt alles getan, daß nicht ein Halm stürbe.

Das Rasenmähen, die Blumen beruhigten Heinrich. Vielleicht war alles weniger schlimm. Sie könnten miteinander reden. Er würde sie in den Arm nehmen, zuhören, ihren Kopf halten.

Zu Mittag hatte es, wie samstags häufig, serbische Bohnensuppe aus der Dose gegeben, und Gerda aß dazu eines seiner Brötchen, was er als Ermutigung deutete: ›Was ist denn, Schatz? Sag mir doch, was du hast.‹ Da war sie in bodenloses Schluchzen ausgebrochen: Sie arbeite und arbeite, rackere sich ab, aber er frage gar nicht nach ihr, meist sitze sie bis in den Abend allein, und wenn er dann zu Hause sei, denke er immer bloß an seine Firma, ihn interessiere nur, wie er sein Klopapier unter die Leute bringen könne, feuchtes Klopapier, als ob es nichts Wichtigeres gebe als feuchtes Klopapier mit Kamillenextrakt, so einen Blödsinn. Dann war sie, ehe er ihre Hand hatte greifen können, aufgesprungen und weinend aus der Küche gerannt.

Heinrich blieb ratlos zurück. Die Geringschätzung, mit der Gerda über seine Arbeit sprach, verletzte ihn. Er war sich keines Versäumnisses bewußt. Sie hatten nach der Hochzeit alles gemeinsam geplant: Erst ein hübsches Haus zu kaufen, beide fünf, sechs Jahre hart zu arbeiten, um den größten Teil der Belastungen abzuzahlen, schließlich zwei Kinder, einen Jungen und ein Mädchen. Er stellte sich eine süße Tochter vor, mit braunen Korkenzieherlocken, die auf wackeligen Beinen durchs Wohnzimmer stolzierte, eine kleine Gerda, die alle Herzen im Sturm nähme. Am Wochenende würden sie zusammen ins Grüne fahren, in den Zoo, die Rheinauen, auf blühenden Wiesen würden die Kinder Schmetterlingen nachjagen, und Gerda hätte den Picknickkorb mit leckeren Sachen gefüllt, gebratenem Hühnchen, Frikadellen, hartgekochten Eiern, geräucherten Würsten, mit Limonade für die Kinder und einer Flasche perlendem Riesling für sie beide. Sie würden auf die Kirmes gehen, bei den Karussells dudelten dieselben Schlager wie immer *O la Paloma Blanca* und *Schöne Maid, hast du heut für mich Zeit*, er würde der kleinen Gerda die Chips für Pferde, Giraffen, Motorräder und Feuerwehrautos kaufen wie damals sein Vater, Zuckerwatte, gebrannte Mandeln, Bratäpfel, und in der Geisterbahn säße er neben ihr und hielte sie fest.

Heinrich hätte gern Kinder gehabt, aber jedesmal, wenn er davon sprach, befand Gerda: ›Das können wir uns im Moment nicht leisten, Heinz. Eins nach dem anderen.‹

Erst um Viertel nach acht war Gerda heruntergekommen. Sie holte sich in der Küche ein Glas Wasser und schaltete wortlos den Fernseher zur Samstagabendshow ein. Vermutlich hatte sie im Schlafzimmer gesessen oder auf dem Bett gelegen. Heinrich war ihr nicht nachgegangen, hatte nicht an der Tür gehorcht, ob sie noch weinte, hatte nicht mit in der Kehle springendem Herz gewartet, daß sie herauskäme.

Der Showmaster, ein Mann Anfang Siebzig,

redete und redete. Er tat seit Jahrzehnten nichts anderes, stellte unverbindliche Fragen, entlockte kleine Geheimnisse, erklärte Spiele, und den hübschen Kandidatinnen machte er schmierige Komplimente. Die Kandidatinnen lachten, wie früher die Schulmädchen gelacht hatten, wenn sie ein Klassenkamerad zum Eis einlud, geschmeichelt, ein wenig verschämt. Einmal lachte Gerda auch.

Heinrich verlor ständig den Faden. Ihm war der Altherrencharme des Showmasters ebenso peinlich wie die kichernden Kandidatinnen. Warum hatte Gerda gelacht? Gefielen ihr die Scherze? Fühlte sie sich selbst in der Rolle der Kandidatin? Er schaute aus den Augenwinkeln zu ihr hinüber. Oder hatte das Lachen in Wahrheit ihm gegolten? ›Nimm's nicht so ernst, Heinzi.‹ Vielleicht hoffte sie, daß er einen weiteren ersten Schritt machte? Er sah sie offen an, aber ihr Blick blieb an einen Ball geheftet, den die Kandidatin eben in einen Parcours geworfen hatte. Je mehr Hindernisse er überwand, desto mehr Punkte würde sie bekommen. Punkte hießen Geld. Der Ball rollte fast bis ans Ende der Bahn, die junge Frau riß die Arme hoch, jubelte, fiel dem

Showmaster um den Hals. Andere Spiele folgten, die Sendung hörte lange nicht auf. Der Showmaster war dafür berüchtigt, seine Zeit hemmungslos zu überziehen. Schließlich gewann eine Fremdsprachenkorrespondentin den Hauptpreis, nicht die Frau, die ihm um den Hals gefallen war, aber die Siegerin küßte ihn auch. Danach, gegen halb elf, verabschiedete sich Gerda mit ›Gute Nacht‹, ohne Kuß. Heinrich wartete einige Minuten, damit sie sich in Ruhe waschen, das Nachthemd überstreifen könnte. Er schaltete durch die Programme, um zu sehen, was es gab. Ein minderjähriger Tennisspieler, mit dessen Sieg niemand gerechnet hatte, dankte seinen Eltern und dem Sponsor für die Unterstützung in schwierigen Phasen. Auf einem anderen Kanal brüllte rußverschmiert ein Minenarbeiter seine nach dem Stolleneinsturz eingeschlossenen Kumpel an, sie hätten nur gemeinsam eine Chance, während sich auf der Plexiglasbühne des nächsten Senders in nervös zuckendem Licht ein halbnacktes Mädchen, Sandra aus Griechenland, rhythmisch bewegte. Das Saalpublikum klatschte und pfiff. Heinrich räkelte sich, spannte die Muskeln, streckte sich aus. Er war müde, fragte sich, was die Leute an so etwas fanden. Er schaute solche Sendungen nicht. Ein berühmter Dirigent gab Brahms' Vierte Symphonie im Verein der Musikfreunde Wien. Eigentlich wollte er abschalten, warf aber vorher noch einen letzten Blick auf das inzwischen völlig entblößte Mädchen, die wippenden Brüste, den prallen Hintern. Gerda hatte auch schöne Brüste, nicht wie diese, kleiner und aus festem Fleisch. Es war Samstagabend. Gerda hatte nie vor ihm getanzt. Sie mochte es nicht, wenn er sie nackt sah. Vielleicht schämte sie sich einer unvollkommenen Stelle. Dabei gefiel sie ihm wirklich.

Heinrich ging ins Bad, putzte sich die Zähne, spülte für alle Fälle sein Geschlechtsteil ab. Sonst war es krebserregend.

Gerda drehte sich zur Wand, als er ins Zimmer kam.

Mechanisch hängte er seine Kleider über Bügel und Stuhl. Da sie nicht las, wie sonst vor dem Einschlafen, löschte er die Nachttischlampe. So sah er ihr Wegschauen wenigstens nicht. Er legte sich auf den Rücken, um ihre Atemzüge zu belauschen, atmete selbst ganz flach, damit die eingesogene Luft nicht geräuschvoll an den Nasenflügeln vorbeistrich, deutete das Auf und Ab ihres Brustkorbes, jedes Rascheln einer Bewegung unter der Decke, ob sie schlief oder wachlag, nein, sie schlief nicht, sie konnte auch nicht schlafen, sie konnte nicht schlafen können. Vielleicht starrte sie wie er bang in die Finsternis oder gleichgültig, wartete auf ein Zeichen, hoffte. – Er hoffte, daß sie wartete, aber er wußte kein Wort.

Zögernd schob er seine Hand in ihre Hälfte des Betts. Bei der Hochzeit hatten sie einander versprochen, niemals unversöhnt einzuschlafen. Er tastete nach ihrer Schulter, streichelte sie ängstlich mit dem Handrücken, fuhr mit dem Zeigefinger ihren Oberarm entlang, die Haut war so weich unterhalb der Achsel. Sie duldete ihn zumindest. Oder schlief sie doch schon?

Indem sie laut und abschließend Luft holte, drehte Gerda sich um: ›Heinrich, laß es. Bitte.‹

Den Sonntag hatten sie schweigend verbracht. Nachmittags telephonierte Gerda mit ihrer Mutter. Danach teilte sie ihm mit, daß sie Mitte der Woche zu den Eltern fahre. Als Heinrich ansetzte, sie umzustimmen, entgegnete sie scharf, sie sehe nicht ein, die ganzen Ferien allein im Haus zu sitzen, sie müsse sich erholen, bis Weihnachten sei es lang.

»Gerda, ich muß Gerda anrufen«, hörte Heinrich sich sagen, »so kann ich nicht arbeiten.« Er wußte nur ungenau, was er sich davon erhoffte. Sicher nicht, daß Gerda sich entschuldigte, obwohl sie inzwischen womöglich bedauerte, wie sie ihn zurückgewiesen hatte. Er war bereit, die Schuld bei sich zu suchen, Fehler einzugestehen, seinerseits um Verzeihung zu bitten, alles wiedergutzumachen, wenn sie ihm nur sagte, was, wenn sie nur mit ihm sprach. Er setzte sich an den Schreibtisch, starrte hilfesuchend das Telephon an, streckte den Finger nach der Tastatur aus, gab versuchsweise, ohne den Hörer abzunehmen, seine Nummer ein. Sie hatten selten miteinander telephoniert. Er war nicht geübt, etwas anderes als Sachinformationen in die Muschel zu sprechen. Gerda rief ihn an, wenn er auf dem Nachhauseweg etwas einkaufen sollte, und er sie, wenn er unvorhergesehen später kam, damit sie sich nicht sorgte.

Heinrich zuckte erschrocken zusammen, als das Telephon jetzt tatsächlich läutete.

3. Ins Blaue

Das in Hamburg, Amsterdam und Kopenhagen ansässige Reederkonsortium *Eurosea* war der umsatzstärkste Eigner von Fähr- und Kreuzfahrtschiffen auf dem Kontinent und beförderte rund eine Million Passagiere pro Jahr auf allen wichtigen Routen. Nicht zu vergessen, daß *Eurosea* auch der durch zahlreiche Fernsehspiele und einen preisgekrönten Dokumentarfilm populäre Luxusliner *Luise von Baden* gehörte, ein Schiff von einzigartiger Ausstrahlung, das weltweit zum Sinnbild für Komfort und Exklusivität geworden war. Ursprünglich habe *Eurosea* lediglich für die *Luise* und vier weitere kleinere Kreuzfahrer *Prosan feucht classic* abnehmen wollen, schon in beträchtlichem Umfang, jedoch auf Vorschlag von Dr. Assmann, dem neuen Leiter der Marketingabteilung – einem außerordentlich begabten jungen Mann übrigens, einem Glücksfall für die Firma –, sei man zusammen mit den Reedern auf die Idee einer seines Wissens völlig neuen Strategie gekommen, nämlich die der *Produktimagekopplung*, wie Assmann das nenne. *Prosan feucht classic* habe in den letzten anderthalb Jahren zwar stattliche Zuwachsraten erzielt – ein kometenhafter Aufstieg –, sei aber natürlich nach wie vor weit davon entfernt, zur Standardausstattung der deutschen Toilette zu gehören – »und da müssen wir hin! – Deshalb wäre in naher Zukunft sowieso eine zweite großangelegte Werbestaffel fällig gewesen. Was stellen Sie sich vor, wenn Sie *Meer* hören?«, wollte Dr. Kronberg plötzlich wissen. »Was fällt Ihnen als erstes ein?«

Heinrich dachte an den vorigen Herbst, als er mit Gerda auf Anraten des Arztes wegen ihrer chronischen Nebenhöhlenentzündung eine Woche an der Nordsee gewesen war. Es hatte tagaus, tagein zu scharfem, ins Gesicht schneidendem Wind Eis geregnet, und die See war eine aufgeschäumte Brühe gewesen, die nach vergammeltem Tang, Altöl und faulem Fisch roch, so daß sie ab dem dritten Tag die Wohnung kaum verlassen hatten, und auch die Wohnung war zugig gewesen, die Heizung defekt. Gerda wollte damals die Eigentümer verklagen. Sie würde bestimmt nie wieder ans Meer fahren. Aber das meinte Dr. Kronberg nicht. »Weite«, sagte Heinrich. – »Weite, natürlich«, wiederholte Dr. Kronberg, »auch Weite. Das unstillbare Verlangen der Menschen nach dem Land jenseits des großen Wassers: Kolumbus, El Dorado, alles das. Aber dringen Sie tiefer, Grewent, folgen Sie Ihrer Empfindung, denken Sie an das Türkis des Pazifik. Vor Ihren Füßen klar, sonnendurchflutet, und zum Horizont hin verdichtet es sich in diesem flirrenden Streifen, wie die Kante einer Glasscheibe, auf der der Himmel ruht. Ein Ort kollektiver Sehnsucht: Und dorthin laufen die Kreuzfahrtschiffe aus. Wenn es uns gelingt, diese drei Komponenten, Südsee, Kreuzfahrt und *Prosan feucht classic* im Bewußtsein des Käufers zu koppeln, dann werden im Kopf von Frau Müller-Meier-Schulze, die in ihrem Supermarkt vor dem normalerweise eher langweiligen Klopapier-, Monatsbinden-, Küchenkreppregal steht, beim Anblick unserer in frischem Ozeantürkis gehaltenen

Dosen – Psychologen haben das herausgefunden –, Traumurlaubsbilder auftauchen. Sie kauft mit *Prosan feucht classic* einen für sie sonst unbezahlbaren Lebensstil, sie kauft ein Stück vom Paradies, und zwar zum Preis von zwei Mark fünfzig. Das ist nichts Neues, unsere Branche hat diese Erkenntnisse bislang nur leider kaum genutzt: Wir haben über drei Jahrzehnte sachlich, informativ mit Reinheit und Hygiene geworben. Auch die Einführung von *Prosan feucht classic* ist auf dieser Schiene gelaufen. Das war gut. Das war richtig. – Bis vor zehn Jahren. Es hat nämlich inzwischen, wie Assmann ganz richtig formuliert, ein Paradigmenwechsel stattgefunden. Andere Werte stehen im Vordergrund. Mit Hygiene allein können Sie heute keinen Blumentopf gewinnen. Hygiene ist in unseren Breiten selbstverständlich!«

Assmann, dieser Schnösel. Lackaffe. Neulich war er unangemeldet in sein Büro spaziert, hatte überall herumgefingert, um schließlich dreist zu verkünden: ›In Ihr Büro darf man auch keine Besucher reinlassen. Hier sieht's ja aus wie beim Finanzamt.‹ Assmann, hieß es, plane sogar, die Firma in *Sanity fair* umzutaufen.

»Kurzum: Mit *Eurosea* soll ein Vertragswerk ausgehandelt werden, das vorsieht, sämtliche Schiffstoiletten, auch auf den gewöhnlichen Fähren, mit *Prosan feucht classic* auszustatten. Gleichzeitig laufen neue Spots an, die wir gemeinsam mit der Reederei entwickeln lassen. So können, zwar über einen längeren Zeitraum, letztlich genauso viele Leute *Prosan feucht classic* testen – und das Produkt überzeugt ja –, wie wenn wir wieder diese kostenintensiven Supermarktstände machen lassen oder Proben an die Haushalte verteilen, von denen die Hälfte im Müll landet. Darüber hinaus hat Dr. Assmann eine Reihe origineller Ideen vorgeschlagen, die im einzelnen noch mit der Werbeagentur besprochen werden: Vom Rubbelgewinnspiel – erster Preis natürlich eine Karibikkreuzfahrt auf der *Luise* –, über eine limitierte Sonderauflage mit Sammelbildchen für die Kinder – Sie müssen nämlich die Kinder mobilisieren, Grewent, die schreien Ihnen den ganzen Laden zusammen, wenn Mutti nicht die Dose mit dem Schiffsbild kauft –, bis hin zu Quartettkarten, Kalendern, kleinen Schiffsmodellen aus Aluminiumguß und so weiter und so fort. Wir bekommen die ausschließlichen Werberechte an *Eurosea*-Schiffen, liefern große Mengen Ware und finanzieren Spots und Anzeigen gemeinsam mit der Reederei. –

Jetzt zum eigentlichen Problem: Sie fragen sich wahrscheinlich, ›Was will der Kronberg von mir? Warum erzählt der mir das alles?‹ Es geht um folgendes: Wie Sie wissen, sind Dr. Assmann, Frau Verhülsdonck und Herr Sinkel aus der Kostenrechnung gestern zu den Vertragsverhandlungen nach Hamburg gefahren – beziehungsweise Herr Sinkel eben nicht, weil er, wie mir seine Frau heute morgen sagte, mit Blinddarmdurchbruch in der Klinik liegt. Schlimme Sache. Wäre es möglich – ich weiß, das ist ziemlich kurzfristig –, könnten Sie eventuell heute nach Hamburg fahren? Mir läge daran, einen harten Rechner wie Sie am Verhandlungstisch zu wissen, zumal uns da Hanseaten gegenübersitzen, die sind, im wahrsten Sinne des Wortes, mit allen Wassern gewaschen.«

Hamburg. Als ob er mal eben nach Hamburg fahren könnte. Gerda hatte Ferien. Und Gerda war mit ihm im Streit. Sie waren unversöhnt eingeschlafen. Zwei Nächte hintereinander. Sie hatte ihn heute morgen unversöhnt fortgehen lassen. Da konnte er doch jetzt nicht einfach sagen: ›Ich muß nachher für vier Tage nach Hamburg, Schatz, das macht dir nichts aus, oder?‹ Er würde unversöhnt mit Gerda sterben, wenn ihm unterwegs etwas zustieße, ein Verkehrsunfall, ein Blinddarmdurchbruch zum Beispiel.

»Um die praktische Seite kümmert sich selbstverständlich die Firma. Sie müßten lediglich Ihre Frau verständigen, daß die Ihnen einen Koffer packt, einer unserer Fahrer holt den ab. Ihre Frau hat Ferien zur Zeit, nicht wahr, die ist zu Hause?«

Er wollte nicht in die aseptischen, resopalverkleideten Sitzungssäle, die mahagonigetäfelten Konferenzzimmer, nicht an die harten Verhandlungstische, über die man zog oder gezogen wurde, auf denen man Argumente ins Feld führte, Interessen durchfocht, Haken schlug, Finten auslegte, Bauernopfer brachte bis zum Morgengrauen, bis dichte Nebelbänke sich zwischen Augen und Unterlagen schoben, und der Schweiß im Neonlicht glitzerte wie Tau, damit endlich aus Verhandlungsgegnern Vertragspartner würden in beiderseitigem Einvernehmen, zur allgemeinen Zufriedenheit. Er hatte sich nicht umsonst nie um diese Aufgaben bemüht. Er war Betriebswirt, kein Unterhändler, sein Platz war der Schreibtisch. Er entwickelte, überschlug, rechnete durch. Er holte Gutachten ein, wertete Gutachten aus, erstellte Gutachten. Mochte Assmann ihn dafür einen Pedanten schimpfen, einen Bürohengst, Assmann sollte seinethalben so viele Verhandlungen führen, wie er wollte, von ihm aus konnte er der Alexander der Sitzungssäle werden und bis nach Japan vorstoßen. Er mußte nur achtgeben, daß ihn nicht bei den Vorbereitungen zur größten Konferenz aller Zeiten ein Herzinfarkt hinwegraffte.

Aber Assmanns Einfluß in der Firma war beängstigend gewachsen. Sein Wort hatte bei Dr. Kronberg Gewicht, und – so viel sah er inzwischen – Assmann riß alle zukunftsweisenden Ideen an sich. Er würde früher oder später auch den Wandhalter übernehmen wollen. Seinen Wandhalter, über dem er seit Monaten brütete, nachdem Gerda sich beklagt hatte, die *Prosan-feucht-classic*-Dosen stünden auf dem Boden herum, ständig stolpere sie darüber, die Papiere fielen heraus, und man könne sie wegschmeißen. Als er Dr. Kronberg seinen Vorschlag unterbreitete, hatte er zum ersten Mal den Geist echten Unternehmertums, das atemberaubende Prickeln angesichts der Herausforderung, den Strudel der Vision gespürt. War Dr. Kronbergs Bitte in Wirklichkeit eine Überprüfung seiner bedingungslosen Einsatzbereitschaft für die Firma, eingeflüstert von Assmann, der bei verschiedenen Gelegenheiten hatte fallen lassen, jemand wie der Kollege Grewent habe wohl kaum das Format, ein derart umfängliches Projekt wie den Wandhalter zu leiten? Wenn er nicht nach Hamburg fuhr, hatte er seine Chance von vorneherein verspielt. Fuhr er, stand er unter Assmanns Kontrolle, und der hätte keine Skrupel, jedes Zögern, jede Ungeschicklichkeit gegen ihn zu verwenden. Wenn es ihm allerdings gelänge, die Klippen zu umschiffen, wenn er ein die Erwartungen weit übertreffendes Vertragsergebnis nach Hause brächte, könnte selbst der Senkrechtstarter Assmann ihm den Wandhalter kaum streitig machen. Und vielleicht wäre auch Gerda stolz.

»Natürlich, Herr Dr. Kronberg«, sagte Heinrich, »kein Problem. Ich rufe bei meiner Frau an, daß die mir einen Koffer packt, den soll dann einer unserer Fahrer abholen.«

Dr. Kronberg hatte gewußt, daß er sich auf ihn würde verlassen können, und fest mit seiner Zusage gerechnet. Eine Frechheit, wo er doch auch wußte, daß Gerda Ferien hatte. – Er schätze ihn als einen der engagiertesten Mitarbeiter. Wenn er, Grewent, auf diesem Weg noch in den Managementbereich hineinwachse, dann – er drücke sich mal vorsichtig aus –, dann sehe er für ihn beträchtliche Möglichkeiten in der Firma. Auch finanziell: »Am besten, Herr Grewent, Sie kommen zu mir, sobald Sie mit Ihrer Frau gesprochen haben, sagen wir in zwanzig Minuten. Ich gebe Ihnen die erforderlichen Unterlagen, die können Sie auf der Fahrt studieren, wir stecken den Verhandlungsrahmen ab, wie weit Sie gehen dürfen, im übrigen weiß Dr. Assmann über alles Bescheid.«

›Sobald Sie mit Ihrer Frau gesprochen haben!‹ Er hatte das ganze Wochenende vergeblich versucht, mit Gerda zu sprechen. Sie würde, wenn das Wort *Hamburg* erst zwischen ihnen stand, keine weiteren Erklärungen abwarten, seine längerfristigen Aussichten interessierten sie überhaupt nicht. Aber sie würde nicht zetern, nicht kreischen, keine Szene machen, sondern langsam und ruhig den Hörer immer weiter von ihrem Ohr in Richtung der Gabel bewegen. Während er sich wand, weitschweifige, viel zu umständliche Erklärungen versuchte, würde seine Stimme am anderen Ende wie eine Handvoll Glasmurmeln auf den Küchenboden fallen, von Gerda keines Blikkes gewürdigt, noch zwei-, dreimal hochspringen und mit einem *Klack* gegen die Fußleiste kullern. Dann wäre es still. – Frau Saibling mußte Gerda anrufen. Das tat sie häufig. Gerda kannte Frau Saibling. Ihr gegenüber würde sie freundlich bleiben, selbst wenn sie innerlich platzte. Frau Saibling konnte sagen, was ja im übrigen den Tatsachen entsprach, er habe zu Kronberg gemußt, um letzte Instruktionen zu erhalten, das dauere, er könne deshalb leider nicht selbst mit ihr reden, rufe aber schnellstmöglich von unterwegs an, »und außerdem soll ich Ihnen bestellen, daß Ihr Mann Sie sehr liebt«.

Heinrich schaute aus dem Fenster auf den vorbeiströmenden Rhein, der vom Regen nur an der Oberfläche beunruhigt wurde. Vor dem

Grau des Flusses verschwamm ihm alles. Er sah sich, wie er die Papiere aufeinanderlegte, auf dem Tisch zurechtstieß, stapelte. Er bräuchte sie nicht mehr, wollte aber geordnete Verhältnisse hinterlassen. Er sah sich aufstehen, den Rahmen auf heute, Montag, den 20. Oktober, schieben, zur Tür gehen, über den Korridor ins Treppenhaus, die Treppe hinunter in die Eingangshalle, durch den Eingang ins Freie treten und rennen: Zur Straßenbahn. Der Fahrer öffnete die Tür, weil er meinte, der Mann liefe wegen des Regens. An der Straßenbahn vorbei – verständnislos schüttelte der Fahrer den Kopf. Ein Chemiearbeiter kam ihm entgegen und schüttelte ebenfalls den Kopf. Er hörte seine Schritte hinter sich auf dem Asphalt, als wäre ihm jemand auf den Fersen, holte ihn aber nicht ein. Als die Straße nach rechts Richtung Stadt abbog, lief er querfeldein weiter durch das nasse Gras. Er hatte die festen Schuhe an auf Gerdas Geheiß. Ein Stück Stacheldraht zerriß ihm die Hose unterhalb des Knies, schnitt ins Fleisch. Blut floß warm die Wade hinunter. Er rannte nahe am Ufer entlang. Vor ihm lag der Auwald, durch den er an freien Tagen manchmal mit Gerda gewandert war. Der Weg begann an einer anderen Stelle, das war ihm recht. Es schien ihm ohne Belang, ob ihn einer aus den *Prosan*-Büros hatte rennen sehen. Nahezu ohne Belang. Niemand würde ihm folgen: Zwischen den Pappeln dichtes Brombeergestrüpp und Brennesseln, mannshoch. Die Ranken schnappten nach seinen Füßen, brachten ihn fast zu Fall. Er blieb stehen. Zur Linken wuchsen Weiden im Sand bis ins Wasser, von sanften Wellen umspielt. Zum letzten Mal war er als Schüler so gerannt. Das lag zwanzig Jahre zurück. Sein Herz schlug laut, er keuchte, rang um Luft. Der Schweiß mischte sich mit Regen, die Wunde am Schienbein brannte vom Salz. Wenige Meter von ihm entfernt stand ein Flekken dünnes Gras ganz hell. Herbstlaub war darauf gefallen, die Blätter hatten sich zusammengerollt. Er fing an, das Gras auszureißen. Die Erde war feucht, die Wurzeln gaben gleich nach. Er kratzte den Boden auf, schaufelte, wühlte. Einmal, als Kind noch vor der Schulzeit, hatte er sich eine Höhle gegraben, die bald vom Nachbarn, Herrn Schmittlutz, entdeckt worden war, und seine Mutter hatte ihm danach immer aus der Zeitung vorgelesen, wenn Höhlen eingestürzt und Kinder darin umgekommen waren: Daß er nie wieder einen solchen Unfug anstelle. Er zitterte vor Anstrengung und Kälte. Er würde sich den Tod holen. Das war die Strafe vom lieben Gott. Dr. Kronberg bekam einen Wutanfall. Assmann lachte sich ins Fäustchen. Gerda weinte, seine Mutter weinte, und die Oma im Himmel wäre sehr böse mit ihm. Er hatte Trauerränder unter den Fingernägeln, die Finger müßten sofort gebürstet werden, aber die Nägel wüchsen noch vier Tage weiter, auch die Haare und der Bart. Er sah erbärmlich aus: Sein Anzug war zerrissen und stand vor Dreck von alleine. Aber am vierten Tag hörte er eine Stimme, die ihn rief.

4. Die Fremden

Heinrich trat in die Bahnhofshalle und versuchte sich zu orientieren. Er war im Zugfahren nicht geübt. Gerda und er reisten selten mit der Bahn, sondern meist mit dem Wagen, und fast immer fuhr Gerda. Er erinnerte sich nicht, wann er zum letzten Mal hier gewesen war. Damals hatte alles ganz anders ausgesehen, weniger neumodisch. In der Mitte des Raums hatte man eine Art Pavillon aus eloxierten Pfeilern und Platten errichtet, in dem Fahrscheinautomaten untergebracht waren. Links vom Durchgang zu den Gleisen gab es einen grell beleuchteten Glaskasten voller Blumen, da konnte er am Donnerstag für Gerda Rosen kaufen, dem gegenüber das Tabakwarengeschäft mit Lottoannahme: Brauchte er nicht. Über der Tür blätterte sich die automatische Zeittafel um. Bis zur Abfahrt seines Zuges blieben ihm zwanzig Minuten. Glücklicherweise hatte er seine Karten bereits, Sinkels Karten, kein gutes Vorzeichen, aber so mußte er sich nicht in die Schlangen vor den Schaltern einreihen und niemandem erklären, was er wollte. Die Reservierung hatte allerdings nur gestern gegolten.

Heinrich zog seinen blauen Koffer zum Bäckereistand und bestellte eine warme Apfeltasche mit Kaffee. Der Koffer war das Hochzeitsgeschenk von Breuers gewesen, den Eltern seines ehemals besten Freundes Ulrich, mit dem er sich vor drei Jahren überworfen hatte, als der sich an Gerda heranmachen wollte. Gerda hatte die Annäherung genossen: ›Ich weiß nicht, was du hast, ich finde Ulrich einfach nett. Und er ist sehr charmant.‹ – Außer ihnen dreien wußte niemand von der Geschichte. – Ob Gerda mit Absicht diesen Koffer gewählt hatte? Eigentlich war er zu groß für vier Tage und ihn allein.

Beim Biß in den fettigen Blätterteig verbrühte er sich den Gaumen am heißen Apfelmus. Normalerweise wäre um diese Zeit Frau Saibling gekommen. Vielleicht hätte sie ein Stück selbstgebackenen Sonntagskuchen mitgebracht, Strudel oder Obstboden. Sicher hätte sie etwas Freundliches gesagt. Statt dessen stand er in der unwirtlichen Bahnhofshalle an einem abwaschbaren Plastiktisch mit eingebautem Abfalleimer, aus dem der Müll roch. Der Kaffee schmeckte bitter, weil er zu lange auf der Heizplatte vor sich hin geköchelt hatte. Er ließ seine Zunge die Brandbläschen betasten, zerquetschte sie mit dem Zeigefinger und kaute auf Hautfetzen herum. Die S-Bahn aus Frankfurt hatte eben gehalten und eine Menschenmenge freigegeben, die von allen Seiten an ihm vorbeidrängte. Einer rempelte ihn mit seiner Aktenmappe, ohne sich zu entschuldigen. Der Kaffee erreichte den Magen und verursachte einen Säureausstoß, so daß ihm übel wurde. Speichel rann zusammen, er wollte ausspucken, schluckte aber nur. Die Apfeltasche konnte er keinesfalls weiteressen; er warf sie unauffällig weg. Auch den Kaffee ließ er zurück, sollten sich andere darum kümmern. Vorsichtshalber ging er schon auf sein Gleis. In der Unterführung hatte jemand vor kurzem gegen die gekachelte Wand uriniert, eine Pfütze verteilte sich über die Fugen der grauen Bodenplatten. Damit hatte er nicht gerechnet.

Der Gestank verstärkte die Übelkeit. Er stellte seinen Koffer auf das Gepäckband, mußte ihn dann aber schieben, weil das Band mit den Rollen nicht zurechtkam.

Unter dem Hallendach lastete die Luft regenschwer auf den Gleisen. An verschiedenen Stellen tropfte es. Zwischen angerosteten Masten waren auf mehreren Ebenen Leitungen gezogen, manche schlaff, andere bis zum Äußersten gespannt. Sie verzweigten sich, liefen auseinander, dann parallel, stießen erneut zusammen, von Verteilern, Widerständen unterbrochen. Verbindungsstücke zogen feinere Drähte zu stärkeren herüber, ummantelte Stäbe hielten unverträgliche auf Distanz. An den Masten blinkten farbige Lichter und Signalbalken, damit Unglück, das jederzeit drohte, vermieden wurde.

Kein bekanntes Gesicht. Heinrich stand unter Fremden. Sie schlenderten wartend auf und ab, scheuchten die bettelnden Tauben und Spatzen, ermahnten Kinder zur Vorsicht. Sie saßen breit auf Bänken, lasen in selbstverständlicher Ruhe ihre Zeitungen, denn die Gegebenheiten waren ihnen vertraut. Sie kannten sich, trafen täglich zusammen, keine unangenehme Überraschung lauerte ihnen auf: Die anderen bildeten eine geheime Gesellschaft von Eingeweihten, zu der er keinen Zutritt hatte. Eine längst vergessene Szene schob sich ins Bild. Er wußte es jetzt wieder: Man hatte ihn abgesetzt unter allerlei Versprechungen und mit einem nagelneuen Matchboxauto als Trostpflaster für den ersten Tag. Die Frau sagte: ›Du wirst dich rasch einleben, Heinrich. Schau mal, draußen spielen sie Völkerball, da kannst du bestimmt mitmachen. Oder willst du lieber basteln?‹ Er stand allein an der Seitenlinie. Er kannte die Regeln nicht, die ungeschriebenen Gesetze, nicht die Machtverhältnisse, Pakte und Feindschaften. Er hatte keinen Platz in der Rangordnung und keine Verbündeten. Deshalb würde er Fehler machen, unverzeihliche, und dafür würde man ihn ermahnen, beschimpfen, er würde Abreibungen beziehen, Sand fressen und von den Mädchen ausgelacht werden. Er sah das hämische Grinsen Udo Reinhardts auf seine ängstliche Bitte ›Kann ich dein Freund sein?‹ – wie er ihm das Auto aus der Hand riß und es mit voller Wucht gegen die Klinkerwand warf. Ein südländisch aussehender Junge steuerte auf ihn zu. Er war ebenfalls neu. Heinrich schaute freundlich. Er würde ihm kaum weiterhelfen können, müßte aber seine berechtigte Frage nicht durch abweisendes Gebaren erschweren. ›Das kann ich leider nicht sagen, ich kenne mich hier nicht aus.‹ Vielleicht fänden sie sich gemeinsam zurecht. Bis auf einen Schritt trat der Fremde heran, drehte dann plötzlich ab, und Heinrichs Lächeln traf unversehens eine junge Frau, die ihn beobachtet zu haben schien und belustigt wirkte. Er spürte seine Ohren heiß werden. Aus den Lautsprechern kündigte eine metallische Stimme unverständlich Änderungen an, eine Verspätung, einen Gleiswechsel, oder die Durchfahrt eines Güterzuges. Möglicherweise war die Meldung wichtig für ihn, sonst hätte man sie nicht auf diesem Gleis gemacht. Er mußte sich beim Aufsichtsbeamten erkundigen. Zur Sicherheit konnte er nachfragen, ob er sich auf dem richtigen Bahnsteig befand. Allerdings war kein Aufsichtsbeamter in der Nähe. In einiger Entfernung entdeckte er ein Schild mit einem *I*, das vielleicht Information bedeutete. Er zweifelte jedoch, da es sich nicht um das übliche kleine *i* auf blauem Grund, sondern um ein großes, das auch römisch eins heißen konnte, auf dunklem Grün handelte.

Bei dem Schild stand tatsächlich eine Art Haus, ein rechteckig gemauerter Ziegelbau mit gläserner Front, hinter der von übersichtlich geordneten Schalttafeln und Pulten aus das komplizierte Netz überwacht und gesteuert wurde, wo im Notfall Maßnahmen zur Sicherung und Eindämmung ergriffen werden sollten. Auch hier war niemand. Beide Stühle unbesetzt. Lediglich der übervolle Aschenbecher und ein Päckchen Zigaretten, das samt Feuerzeug zwischen den Hebeln lag, zeugten davon, daß hier eigentlich gearbeitet wurde. Demnach lief im Augenblick alles nach Plan. Oder aber es herrschte grobe Fahrlässigkeit. Die Fertigungsstraßen bei *Prosan* blieben nie unbeaufsichtigt. Wenn einer seinen Posten ohne Erlaubnis verließ, drohten harte Konsequenzen. Zu Recht.

Heinrich ging um den Bau herum, um festzustellen, ob sich nicht im hinteren Teil, der vom Kontrollraum abgetrennt und durch die Scheibe nicht einsehbar war, jemand aufhielt, der ihm Auskunft geben konnte, fand jedoch eine verschlossene Stahltür mit der Aufschrift

Achtung Hochspannung! Lebensgefahr! Ein Saboteur hätte leicht die Frontscheibe einschlagen und eindringen können.

Gegenüber quietschten die Bremsen eines Nahverkehrszuges. Diesmal verstand er die Ansage: »An Gleis zwei bitte nicht einsteigen. Der Zug endet hier.« Das betraf ihn nicht. Endlich erschien sein Zug auf der Anzeigetafel. Die Menschen wurden unruhig, falteten ihre Zeitungen, standen auf, riefen die Kinder – »und jetzt bleibst du an meiner Hand, hast du gehört!« Sie suchten Koffer, Taschen und Tüten zusammen, schleppten alles zur Bahnsteigkante oder begannen, ihre Gepäckkarren zu entladen. An bestimmten Stellen bildeten sich Trauben, als gäbe es allgemein bekannte Zeichen, daß genau dort die Waggontüren zum Stehen kämen. Ältere baten Junge, ihnen beim Einsteigen behilflich zu sein oder einen besonders schweren Koffer nachzureichen. »Das wäre sehr freundlich von Ihnen.« An einem prallen Plastikbeutel riß der Griff ab, schmutzige Wäsche fiel zu Boden, wurde unter Verwünschungen wieder hineingestopft. Währenddessen drängten sich einige verstohlen vor, andere schoben ungeniert, indem sie mit Ellbogen- und Kofferstößen Lükken schafften. Jemand sagte gereizt, »Hören Sie, Sie werden schon nicht vergessen, stellen Sie sich hinten an«, bekam »Halts Maul, Opa« zurück und einen Schulterrempler. »Das ist eine Frechheit, Sie!« kreischte eine ältere Dame, kurz davor, den Mann mit ihrem Stock zu attackieren, konnte aber von Umstehenden zurückgehalten werden: »Lassen Sie, da macht man nichts dran, so sind diese Leute halt.« Statt dessen rief sie abwechselnd nach Bahnpolizei und Gleisaufsicht. Verschreckt flogen Tauben auf, gewiß, daß die Brotkrumen noch dalägen, wenn wieder Ruhe eingekehrt wäre.

Heinrich hatte sich mit seinem Koffer in deutlichem Abstand zu dem Pulk plaziert, um nicht in Streitigkeiten verwickelt zu werden, obwohl er lieber direkt an der Bahnsteigkante gestanden hätte.

»Achtung, an Gleis drei hat jetzt Einfahrt IC fünfhundertsechzehn *Klaus Störtebecker* von München nach Hamburg Altona über Koblenz, Bonn, Köln, Münster, Osnabrück; planmäßige Abfahrt elf Uhr siebenundzwanzig. Bitte Vorsicht bei der Einfahrt des Zuges.« – Heinrich sah ihn aus dem Tunnel kommen, niemand konnte ihn aufhalten. Eine gewalttätige Entschlossenheit, alles, was sich in den Weg stellte, zu zermalmen, rollte heran. Hoffentlich hatte niemand entschieden, sich gerade jetzt vor genau diesen Zug zu werfen. Die Leute sollten mit dem Gezänk aufhören, sonst fiele am Ende noch jemand unglücklich. Für einen Moment spritzte Blut durch die Halle, er hörte Fleisch gegen den Oberleitungsmast klatschen. Heinrich trat unwillkürlich einen Schritt zurück, als die Lok an ihm vorbeidonnerte. Die anderen aber schoben weiter mit zusammengekniffenen Lippen, alle Muskeln gespannt und die Konkurrenten mit Argwohn beäugend. Als der Zug schließlich stand und die Türen geöffnet waren, hatten die Aussteigenden Mühe, sich einen Weg durchs Gedränge zu bahnen.

5. Der Wandhalter

Die Scheibe war ein Tropfenschlachtfeld. Einige zuckten noch, andere rollten matt zur Seite oder flossen aus Rinnsalen zusammen bis zur Übersättigung, um dann gerade wie an einer Lotschnur auf die Gleise zu stürzen. Der Halt bot ihnen lediglich ein kurzes Verschnaufen.

Nach Geschiebe und Drängen durch drei Großraumwagen hatte Heinrich Platz in einem fast leeren Nichtraucherabteil gefunden. Außer ihm saß noch ein Mann neben der Tür und durchblätterte eine Zeitschrift mit vielen Bildern. Die Übelkeit, die er beinahe schon vergessen hatte, war zurückgekehrt: Minutenlang hatte er im letzten Waggon gestanden, weil der Minibarverkäufer eine größere Gruppe bayrischer Männer, die Brotzeit hielten, mit frischem Bier versorgen mußte. Das mitgebrachte war vorzeitig zu Ende gegangen, sein Dunst hing über leeren Flaschen, geröteten Köpfen, mischte Schwaden von Geselchtem und Hausmacherwürsten auf, deren Fett in der menschenwarmen Luft schmolz. Schwere Scheiben Leberwurst lagen grau neben mit glasigem Speck durchzogener Blutwurst auf Aluminiumfolie. Abgezogene Streifen Darm und orangefarbene Kunststoffpelle wanden sich auf den nackten Tischplatten. Schließlich mußte er sich in eine der Bänke hineinpressen, damit der Verkäufer ihn vorbeilassen konnte: Beinahe zwischen Heinrichs Beinen ragte der bleiche Knochen aus einer angebissenen Haxe. Auf der braunen Schwarte standen vereinzelte Borsten. Er schloß die Augen, atmete durch und konzentrierte sich, den diesmal in bedrohlichen Mengen zusammenfließenden Speichel hinunterzuwürgen, so daß er die Flüche des Haxenessers nur in der Ferne, am verhangenen Horizont der Geräusche, hatte grollen hören. Nach einem galligen Aufstoßen kratzte es ihm im Hals, aber er saß endlich, und sein Abteilnachbar hatte während des Aufenthaltes gelüftet.

Als wenn er alleine wäre, fühlte er nochmals

den verbrannten Gaumen ab, bis ihm aufging, daß man es ziemlich unappetitlich finden könnte, wie er mit seinem Zeigefinger im geöffneten Mund pulte.

In der Aufregung hatte er Gerda fast vergessen, jetzt fiel sie ihm wieder ein, und er erschrak. Später. Er würde später darüber nachdenken, was er ihr sagen wollte. Im Moment mußte er zur Ruhe kommen. Außerdem war er unaufhaltsam unterwegs. Später würde er sich passende Sätze zurechtlegen, den richtigen Tonfall suchen, eventuell Stichworte notieren, damit er nicht den Faden verlöre im Eifer. Später würde er sie dann auch anrufen, jetzt nicht, nach drei vielleicht, um ihren Mittagsschlaf nicht zu stören. Er hatte es nicht eilig, die Fahrt dauerte sechs Stunden. Oder er riefe aus Hamburg an. Da könnte er vorgeben, lediglich sagen zu wollen, daß er gut angekommen sei. Oder noch später vom Hotel aus. Im Zimmer wäre er ungestörter als in der Zelle. Außerdem hatte er keine Telephonkarte und kaum Münzgeld im Portemonnaie. Es wäre nicht gut, wenn sie unter Zeitdruck sprechen mußten. Vermutlich war sie ohnehin zum Einkaufen gegangen. Er sah auf die Uhr: Viertel vor zwölf. Um halb zwölf ging Gerda in den Ferien häufig einkaufen, direkt vor dem Mittagessen, dann hatte sie es mit Kochen und Abwasch in einem Haushaltsblock erledigt.

Der Zug rollte unerwartet leise durch die Vororte. Etwas fehlte. Heinrich hatte mit dem harten Rhythmus Gleisnaht auf Gleisnaht gerechnet, aber nur an wenigen Stellen, bei den Weichen, tönte der kurze Doppelschlag von unten herauf, ›TaTack‹, dann lange Zeit nichts als das gleichbleibende Schaben der Eisenräder. Vor allem dieses vorwärtstreibenden Taktes wegen mochte Gerda die Bahn nicht: Als kleines Mädchen habe sie über Jahre ganze Fahrten lang geschrien, erzählte ihre Mutter. Auch Gerda erinnerte sich: ›Weißt du, wie wenn ein wildgewordenes Korps Spielleute, Kerle mit Bärten, finsteren Uniformen, ich sehe sie jetzt noch, im Kreis um mich herumgestanden hätte und trommelte und trommelte und trommelte. Da kannst du dir die Ohren zuhalten, es hilft nicht, von allen Seiten hämmern sie auf dich ein, rücken dir immer näher auf den Leib.‹ Heinrich vermißte diesen stampfenden Marsch. Irgendwie hatte er einen reisender gestimmt, wie die Lieder, die sie früher auf den Sonntagsspaziergängen gesungen hatten.

Das Rheintal ähnelte auf dieser Seite einer weiten Ebene, die über ruhige Hänge zum Fluß hinabglitt. Auf halber Höhe verlief die Bahntrasse. Rechterhand wanderten Obstbaumreihen herunter, in exakten Abständen gesetzte Plantagenzüchtungen, gerade mannshoch, damit ohne Leitern geerntet werden konnte. Sie verschwanden in einer flachen Senke, stiegen wenig später eine Kuppe hinauf, um endgültig vom Grau geschluckt zu werden. Zwischen den Baumkolonnen standen starke Verbände Wein wie zum Zählappell und trotzten der Nässe. Ein Wasservorhang senkte sich am gegenüberliegenden Ufer über die Hügel des Rheingau.

Heinrichs Gesicht war so nah an der Scheibe, daß sie von seinem Atem beschlug. Er malte zwei Augen in den Fleck, Mund und Nase, verwischte dann alles hastig.

Aus der Regenwand tauchte allmählich die Bergkette auf. Erst ein blasser Schemen, verdichtete sie sich zusehends zu dem Trichter, der Fluß und Zug in den schmalen, schroffen Talabschnitt hineinzwängen würde.

Als Kinder waren sie mit den Eltern oft dieses Tal hinauf und hinunter gefahren – eigentlich konnte man es eine Schlucht nennen –, und bestimmt hatte es vor Zeiten auch hier gefährliche Stromschnellen gegeben, Strudel, aufgeschlitzte Schiffsbäuche, Matrosenschreie im Nebel, nicht erst zu Füßen der sündig ihr Haar öffnenden Loreley. Damals hatte er jede Burg gekannt, Geschichten von holden Jungfrauen, hochherzigen Kriegern, schmählichem Verrat. Inzwischen hielt er kaum die Namen der Ruinen auseinander, geschweige denn ihre einstigen Bewohner, Verteidiger, Eroberer, Zerstörer. Die graubraunen Gemäuer des Hildegardis-Klosters hoben sich schwach vom fahlen Grün der umliegenden Weinterrassen ab. *Gloria in excelsis deo*… Ein silbriger Tonfaden wehte aus dem Seitenschiff herüber und durchwirkte den Weihrauch. Früher… Es war einmal… (Welche Rolle die im Verborgenen singenden Nonnen in diesem Spiel aus Liebe, Abschied, Krieg, treuem Warten und Wiedersehensglück gespielt hatten, war ihm rätselhaft geblieben.)

Weiter oben, auf der Höhe des Kammes, fuchtelte Germania mit der Reichskrone im Trüben, deren Gründe hatte er ebenfalls vergessen. Bei ihrem Anblick mußte er an seine wuchtige Großtante Wilma denken und stellte sich vor, wie sie eine Cromarganschüssel nach Onkel Severin warf. Die beiden waren längst tot und zusammen mit Rittersälen, Nonnenklöstern, Wildgehegen, mit Pommes-frites-Buden, Kindertellern und Schwarzwälder Kirschtorte an einer entlegenen Stelle seines Gedächtnisses versunken. Sedimente hatten sich Schicht um Schicht abgelagert, hatten Treibholz, Kadaver eingeschlossen, und mit der Zeit war daraus eine Untiefe geworden, die ihn jetzt, wo er ohne Steuerruder in dieser Gegend umhertrieb, mit einem Knirschen auflaufen ließ.

Der Zug rauschte dicht an Häuserzeilen vorbei, an Supermärkten, Tankstellen, Kneipen. Bei Regen wirkten die Kleinstädte besonders schmutzig. Heinrich warf zufällige Blicke in anderer Leute Wohnungen. Hinter vielen Scheiben brannten Lampen. Der Tag hatte sich für heute verabschiedet, obwohl es erst zwölf war. Er sah zwei Alte hinausstarren. (Hatten die ihn auch gesehen?) Eine Frau saß rauchend vor einer Tasse Kaffee. Sie trug eine aufgeblasene Plastikhaube zum Haaretrocknen.

(Warum machte sie sich montags die Haare, statt am Wochenende?) Vermutlich dudelte ihr Radio. An einer Schranke standen zwei Kinder mit ihren Fahrrädern und winkten, als habe die Oma sie eigens dazu dort hingestellt. Er hätte zurückwinken sollen. Jemand holte Wäsche aus der Maschine, jemand goß die Blumen auf seiner Fensterbank. Die Autos fuhren mit Licht. Schon vorbei. Alles schoß nur so vorbei. Die Menschen in ihren Alltagen gingen ihn nichts an, sie interessierten ihn auch nicht. Trotzdem: Für einen Augenblick waren sie in seinem Leben gewesen, ob sie es wollten oder nicht, ob er es wollte oder nicht. Heinrich ahnte etwas vom Wesen des Flüchtigen und von der Dauer. Fragen und Antworten schaukelten wie eine Qualle in seinem Kopf. Für einen Moment dehnte sie sich bis weit über ihre Grenzen aus, als er zugreifen wollte, zuckte sie zusammen. Eine Kontraktion ließ sie fortschnellen. Er spürte noch ihren Rückstoß: dünne, schal schmeckende Flüssigkeit. –

Mit breitem Pinselstrich in Höhe der Promenade auf die grob behauenen Quader der Uferbefestigung gemalt, vor dem Ortausgang noch einmal für die Schiffer nachts als fluoreszierendes Schild schwarz auf weiß: ein Schlag unter die Gürtellinie, eine schallende Ohrfeige, bei Stromkilometer fünfhundertzweiunddreißig: Assmannshausen. Nicht, daß es unerwartet dort lag. Er kannte den Namen, er kannte die Stadt. Natürlich. Er hätte jedermann, der danach gefragt hätte, ihren Platz am gegenüberliegenden Ufer als erste eingangs der Talschlucht beschreiben können. Es hatte aber niemand danach gefragt.

Da kam er also her. Oder, wenn nicht er selbst, so war zumindest einer seiner Vorfahren von dort aufgebrochen, um in der Welt sein Glück zu suchen, und spätestens dieser bis dato letzte Sproß der Sippe hatte allem Anschein nach auch etwas gefunden: Doktor rerum oeconomicarum Klaus-Jürgen Assmann, Leiter der Marketing-Abteilung der Firma *Prosan Hygienepapiere AG*, ungekrönter König der Verkaufsstrategen, im Hauptberuf Wichtigtuer, Speichellecker, Emporkömmling. Unwillkürlich zischte ihm ein scharfes »Pff« durch die Lippen. Er ärgerte sich zum wiederholten Mal, damals die Möglichkeit zur Promotion ausgeschlagen zu haben, um seinen Eltern, die bei einem mittleren Beamtengehalt und drei Kindern keine großen Sprünge machen konnten, nicht länger als nötig auf der Tasche zu liegen. Dabei beeindruckte ihn der Titel gar nicht besonders. Doch diese feinen, scheinbar belanglosen Unterschiede gaben immer wieder den Ausschlag in knappen Entscheidungen. – »Wettbewerbsverzerrung!« Ein Faltenkeil grub sich zwischen seine Brauen, die Wangenmuskulatur wurde hart. Das *Herr Doktor* schaffte schon im täglichen Umgang ungleiche Verhältnisse. ›Herr Grewent, können Sie bitte …‹ – ›Natürlich, Herr Doktor Assmann.‹

Mit Nachdruck führte ihm der Name *Assmannshausen*, der gewöhnliche Name eines hübschen Städtchens am Mittelrhein, bewohnt von unbescholtenen Bürgern, die alljährlich ihre Weinkönigin wählten, ein Name, den er in ganz anderem Zusammenhang gespeichert hatte, vor Augen, daß er sich keineswegs auf einer sentimentalen Reise in die Vergangenheit befand: Er war im Krieg. Er wußte nicht, was ihn erwartete, als wer er zurückkehren würde, ob heil oder versehrt, ob überhaupt. Auf jeden Fall begann bereits hier feindliches Territorium. Er fuhr nicht länger durch, wie er noch eben gemeint hatte, heimische Gefilde.

Die Vermutung, daß er in Hamburg die Entscheidungsschlacht um den Wandhalter führen sollte, war Gewißheit geworden. Er glaubte sogar, daß Dr. Kronberg ihn mit dieser Aufgabe bewußt in einen Hinterhalt lockte, damit der Vorstand später triftige Gründe hätte, ihm das Projekt wegzunehmen. Er hörte das Gesülze: ›Schauen Sie, Herr Grewent, Dr. Assmann ist für unser Unternehmen eine Art Vordenker, jemand, der das Ganze sieht, der auch langfristige Erwägungen mitberücksichtigt, einer, der, wie man so schön sagt, klotzt und nicht kleckert. Dagegen liegen Ihre Stärken eher in der Genauigkeit, im Blick fürs Detail, Sie sorgen dafür, daß am Ende jeder Faktor hieb- und stichfest durchkalkuliert ist. Zum Erfolg brauchen wir Leute wie Sie so dringend wie einen Dr. Assmann, nur müssen Sie Verständnis haben, daß ich für die Federführung einer so vielfältigen und umfassenden Investition, wie der Wandhalter sie darstellt – wahrscheinlich wird daraus in den nächsten Jahren ein ganz neuer Unternehmenszweig entstehen –, daß ich für eine solche Aufgabe einen

Mann will, der die großen Linien im Auge behält, der über den Tag hinausdenkt und der sich dann auch nicht mit Kleinkram aufhält. Ich weiß, wie sehr Sie an der Sache hängen. Ich habe keineswegs vergessen, daß der Vorschlag von Ihnen stammt. Trotzdem wird der Vorstand morgen Dr. Assmann offiziell mit der Gesamtplanung betrauen. Ich erinnere Sie in diesem Zusammenhang nur – und das tue ich äußerst ungern –, an Ihren Schiffbruch in Hamburg. Sie haben ein Rechenexempel nach dem anderen auf den Tisch gelegt. Dr. Assmann sagte mir, es sei regelrecht peinlich für ihn gewesen. Genau diese Kleinschrittigkeit war dort nämlich nicht gefordert. Verstehen Sie mich richtig, Herr Grewent, ich schätze Sie als Mitarbeiter außerordentlich, und man muß nicht alles gleichermaßen beherrschen, das verlangt kein Mensch. Allerdings sollte man seine Grenzen kennen.‹

Von wegen: ›Ich sehe da beträchtliche Möglichkeiten für Sie…‹ Die Schlinge zog sich zu. Er saß in der Falle. Aber er wollte seine Haut teuer verkaufen. Mochte er auch kein Visionär vom Schlage Assmanns sein, worauf er dankend verzichtete, so mußte er sich doch nicht als engstirnigen Trottel abqualifizieren lassen. Er hatte eine Idee gehabt, die langsam herangereift war, allmählich Gestalt angenommen hatte. Daß sie gut war, wußte er nicht erst, seit Dr. Kronberg sie zur Chefsache gemacht hatte. Assmann, der Fön, hatte in der Zwischenzeit unter enormem Getöse heiße Luft produziert, so daß den Vorständlern die Ohren schlackerten, und sich ansonsten allerhand modischen Firlefanz aus den Fingern gesogen. Gerade das sollte sein Wandhalter eben nicht werden: eins dieser bunten Wegwerfprodukte, ein kaugummifarbenes Kästchen aus Billigplastik, banal in der Form, schlecht verarbeitet, mit albernem Aufdruck. Ihm schwebte etwas anderes vor. Sein Wandhalter sollte von zeitloser Schönheit sein, ein Klassiker des Sanitärdesigns: In einem rechtwinklig gefügten Gestänge aus chromblinkendem Vierkantstahl wäre das mattschwarze Kerngehäuse eingesenkt wie ein Schrein. Dessen verbreiterter Kopf ruhte schwer auf dem oberen Stangenumlauf, den in der Mitte der Front eine von oben nach unten durchgehende Auswuchtung unterbräche, ebenfalls von zwei Chromstreben gefaßt. Allerdings schlössen sich die vier Stangen nicht auf einer Höhe zum Rechteck, sondern die zwei aus der Tiefe lagerten auf denen der Breite, alle jedoch innerhalb des von den Eckpfeilern begrenzten Raums. Sämtliche Stäbe ragten etwa zwei Zentimeter über die Verbindungspunkte hinaus, und auf der hinteren Seite stießen sie auf ein stählernes Rechteck parallel zur Rückwand, so daß der Kasten vor den Kacheln zu schweben schien. Wenn man den Deckel öffnete, ereignete sich ein kleines Wunder: In der Mitte des massiven, fast bedrohlich schwarzen Blocks wäre eine Vertiefung eingeschnitten, und in diesem Abgrund erstrahlte wie gehämmertes Silber das erste Blatt des mit zartem Quadratmuster geprägten Papiers. Die Auswuchtung erwies sich als ein zum Papierfach hin offener Schacht, so daß man die Blätter Stufe für Stufe in die Dunkelheit hinabsteigen sah. Dieser Schacht diente der bequemen Entnahme des Papiers, ganz gleich, ob der Halter randvoll oder beinahe leer war. Ohne diesen Eingriff gäbe es Gefummel, man verknickte die folgenden Bögen, und das zerstörte beim nächsten Öffnen die Wirkung. Sein Kästchen würde den Charakter einer Schmuckschatulle oder eines Reliquiars bekommen, und das entsprach der Kostbarkeit des Papiers, seinem Frühlingsduft, der Zartheit, wenn man es zwischen den Fingern rieb. Dabei war es gleichzeitig von erstaunlicher Festigkeit, und auf der Haut hinterließ es das Gefühl einer rasch einziehenden Cremelotion.

Trotz des Regens saß auf der gegenüberliegenden Seite hoch oben über dem Fluß die Loreley entblößt auf ihrem Felsvorsprung und summte. Weiter links sah Heinrich nasse Fahnen die Masten herunterhängen. Ab und zu riß eine Böe sie mit.

Das Material für den Halterkern bereitete ihm noch Kopfzerbrechen. Vermutlich lief es trotz aller Bedenken auf einen edleren Kunststoff hinaus, denn die Box müßte sowohl luftdicht verschließbar als auch unempfindlich gegen permanente Feuchtigkeit sein. Der Vorstand würde auf farblichen Varianten bestehen, was unter rein wirtschaftlichen Gesichtspunkten vernünftig war. Wobei das leuchtende Weiß, das selbstvergessene Spiel des Lichts auf dem Oberflächenrelief, in einem blauen oder grünen Umfeld verloren ginge. Manchmal beschlichen ihn Zweifel, ob der Kunde neben dem normalen Rollenhalter einen zusätzlichen

Kasten im Badezimmer akzeptieren würde. Möglicherweise müßte man eine Kombination aus beidem entwickeln. Aber das waren letztlich lösbare Probleme. Er hatte die Sache im Griff. Weshalb sollte Assmann den Zuschlag erhalten? Der hatte sich bisher kaum mit dem Projekt befaßt. Die Beseitigung der Unklarheiten konnte er umgehend in Angriff nehmen. Er würde Millimeterpapier kaufen, Bleistifte, Tuschfüller, Zirkel, Lineale, Winkel und gleich morgen abend erste Skizzen machen. Später, zu Hause, würden maßstabsgetreue Pläne folgen, Detailzeichnungen von Aufhängern, Scharnieren. Er konnte zeichnen. Als Junge hatte er viel gezeichnet, exakte Studien nach der Natur. Sein Schwager Jonas, der Kunstlehrer war, bescheinigte ihm Begabung. Er würde Materialproben besorgen und eine Umfrage bezüglich des Doppelhalters veranlassen. Und dann, wenn alles vollständig wäre, in drei Monaten, würde er Assmann seine eigenen Argumente vor der versammelten Chefetage um die Ohren schlagen: ›Glauben Sie denn allen Ernstes, Herr Doktor Assmann, wir könnten, wie Sie das vorgeschlagen haben, unserem Papier eine Aura des Besonderen, Exklusiven, so etwas wie aristokratisches Flair verpassen und dem Kunden gleichzeitig Ihre modisch aufgemotzte Tupperdose als Wandhalter anbieten? Da verkoppeln Sie doch wohl, um in Ihrer Diktion zu bleiben, die falschen *Produktimages*.‹ – Er war aufgestanden und sah mit durchdringendem Blick in die Runde. Seine Gesten hatten jene Entschiedenheit, die Gefolgschaft einfordert. Assmann schwitzte, schwieg, trommelte unter dem Tisch auf seinen Oberschenkeln. Dr. Kronberg schaute nachdenklich, sein Gesicht ließ bereits Zustimmung erahnen. Heinrich setzte zum Todesstoß an: ›Ich meine, wenn wir uns entscheiden, *Prosan feucht classic* zu einem Synonym für Lebensqualität aufzubauen, müssen wir das konsequent tun. Oder aber wir lassen alles beim Alten und verkaufen auch in Zukunft einen ordinären Hygieneartikel – plus Kinderspielzeug. Beides gleichzeitig geht nach meinem Dafürhalten nicht.‹

Eine Woge des Beifalls brandete heran: ›Vollkommen richtig‹, ›Absolut plausibel‹, ›Genau so‹. Sie sprühte an ihm hoch und durchdrang doch nur von fern das Surren in seinem Kopf. Einhellig sprachen sich der Vorstand, die Abteilungsleiter, ausgenommen Assmann, und sogar Egon Kimmel, der Vorsitzende des Betriebsrats, für seine Konzeption aus. Ein letztes Wort noch, ein Versprechen, obwohl ihm die Knie zitterten: ›Meine Herren, Frau Verhülsdonck, ich danke Ihnen für Ihr Vertrauen. Ich werde alles in meiner Macht Stehende tun, um Sie nicht zu enttäuschen.‹

»Hier noch jemand zugestiegen? Die Fahrausweise bitte.«

6. Die Japaner

Der unerwartete Zwischenruf ließ ihn hochschnellen und zusammenfallen, wie ein hinterrücks angesetzter Nadelstich. Alle Blicke richteten sich auf ihn. Und wenn er sie verloren hatte? Er durchwühlte hastig seine Mappe. Grinsen, Gekicher. Die Lehrerin schüttelte verständnislos den Kopf: ›Heinrich, ich sehe dein Heft nicht. Geh zur Tafel und rechne Aufgabe drei vor, damit du dich wieder beruhigst.‹ – Wo war denn sein Heft? Er hatte doch aufgepaßt. Er wollte gerade ein Ergebnis verbessern. Henno drehte sich um, streckte ihm die Zunge raus. Jedenfalls war es nicht auf den Boden gefallen. Unter der Bank griff er in einen frischen Kaugummi, er ekelte sich und wischte seine Hand an der Hose ab. ›Glühohren-Heini‹, wisperte es herüber, ›Leuchtturm‹ – ›Wird das heute noch was, Heinrich?‹ – Er klopfte sein Jackett ab, nestelte am Mantel herum. Je dringlicher man etwas suchte, desto sicherer fand es sich dort, wo man als letztes nachsah. Irgendwo mußten sie sein. Beim Abschied hatte Frau Saibling ihn doch extra gefragt: ›Haben Sie Ihre Fahrkarten eingesteckt, Herr Grewent? Schauen Sie zur Sicherheit lieber nach, nicht, daß Sie ohne dastehen.‹

»Entschuldigen Sie. Ich hab's gleich. Sekunde.«

»Lassen Sie sich Zeit«, sagte die Schaffnerin. Und nach einer Pause, »Das ist ein Wetter heute – zum Davonlaufen.«

Er mochte ihr Gesicht unter der roten Kappe.

»Ja«, sagte Heinrich und lächelte, als er ihr den Umschlag mit den Karten gab, »es regnet sich richtig ein.«

»Sie wissen, daß Sie Fahrscheine für die erste Klasse haben?«

»Schon, aber dann müßte ich mit dem ganzen Gepäck ... Und ich sitze hier doch gut. Ich kann doch hier sitzen bleiben?«

»Selbstverständlich können Sie sitzen bleiben. Wie Sie wollen.«

Heinrich hätte sich gern mit der sympathischen jungen Frau unterhalten, ihr von seiner

Arbeit erzählt, weshalb er heute nach Hamburg fahren mußte, daß es ums Ganze ging. Ob sie jeden Tag dieselbe Strecke kontrollierte? Vielleicht wohnte sie in Hamburg und konnte ihm ein Geschäft für Zeichenbedarf empfehlen. Er bemerkte, daß sein Abteilnachbar ihr durch die Scheibe nachstierte. Der Fleischerblick berührte ihn peinlich. Durch die dünne Wand klang ihre Stimme ein letztes Mal vertrauenerweckend herüber. Er hätte zu ihr gehen können und fragen, ob sie gleich oder später noch einen Moment Zeit für ihn habe, ihm sei etwas unklar. Er könnte sie unter einem Vorwand zum Abendessen einladen. Sicher wußte sie einen gemütlichen Italiener am Hafen mit prasselndem Kaminfeuer. Wenn es ihr heute nicht paßte, dann vielleicht morgen oder am Mittwoch. Draußen sähe man die Lichter der Schiffe auf dem Wasser balancieren, manchmal drangen die langgezogenen Klagerufe der Sirenen von fern durch die Nacht. Frachter aus Übersee liefen ein, Kreuzfahrer brachen zu tropischen Stränden auf, die abgetakelten Masten eines alten Schoners stachen als Schattenriß in den sternenklaren Himmel… Hirngespinste, Traumtänze.

Was sollte dabei herauskommen? Sie gäbe ihm vor allen Leuten einen unmißverständlichen Korb. Zu Recht, wenn sie nicht leichtfertig war.

Vom Titelblatt des Heftchens, das sein Nachbar auf den Nebenplatz gelegt hatte, strotzte ihm ein Paar ziegeneuterförmiger Brüste unter einem in den Nacken geworfenen Gesicht entgegen. Heinrichs Augen verfingen sich, ohne daß er es wollte. *Siebzehn Jahr, blondes Haar* dudelte eine verkratzte Platte in sein Ohr, immer wieder diese Zeile. Er mußte Gerda anrufen. Seine Augen rissen sich zusammen, hasteten weiter, versuchten den Mann, der das Machwerk gekauft hatte, einzuschätzen. *Siebzehn Jahr, blondes Haar*. Er traf für einen Moment dessen Blick, in dem stand, daß ihm Heinrichs Verweilen bei dem Mädchen aufgefallen war. Der Mann setzte zu einem Grinsen unter Kennern an und würde ihm womöglich das Blatt anbieten, um ein anerkennendes ›Nicht übel, was?‹ auszutauschen. Wie sollte er dann, ohne ihn bloßzustellen, klarmachen, daß er an der Lektüre nicht interessiert sei, beziehungsweise… Er wollte ihn keinesfalls vor den Kopf stoßen und den Rest der Fahrt

Feindseligkeiten parieren müssen. Doch bevor es so weit kommen konnte, hatten sich seine Augen mit Gewalt befreit, waren in die Landschaft geflüchtet, irrten auf wilden Felsformationen hin und her, kletterten in befestigten Wingerten, stolperten über unterspültes Wurzelgeflecht, stürzten einen Steilhang hinab in den Fluß, schwammen, schluckten Wasser, gingen unter, strampelten, bis am Rande des Fensters die Marksburg auftauchte, seine frühere Lieblingsburg, die hoch und uneinnehmbar über dem Fluß wachte. Alle Belagerungen hatte sie unbeschadet überdauert und wäre dann im vergangenen Jahr doch beinahe gefallen, aufgegeben und geschleift, als die Japaner sie hatten kaufen wollen, um sie Stück für Stück zu verschiffen und hinter Kyoto, Tokio oder Osaka in einem Europapark wieder aufzubauen. Beutegut eines neuen Feldzugs, Trophäe der eroberten Märkte, ein Geschenk des Statthalters der Rheinprovinz an den Tenno. Wehe den Besiegten: Das waren diesmal er selbst, früher oder später die Firma *Prosan Hygienepapiere AG*, das Abendland. – Hinter der Burg auf dem Bergrücken ragten die Ziegelschlote der Braubacher Bleihütten in den

Himmel, als wären sie dort vergessen worden: Aus den Stollen wurde seit Jahren nichts mehr gefördert. – Schon als Junge hatte Heinrich in der Rüstkammer einer anderen Rheinburg angesichts eines verstaubten Samuraiharnischs, der schwarz und drohend abseits der ungelenken, auf Hochglanz polierten Blechkameraden stand, die wahnsinnige Gefährlichkeit dieser neuen alten Streitmacht gespürt. Keiner der tumben Ritter mit ihren Zweihändern hätte gegen den blitzschnellen Eindringling eine Chance gehabt. Das unscheinbare Loch inmitten eines Kraters auf Höhe des Schlüsselbeins, der Riß bei der Schulter, zwei Finger breit, zeugten vom Ende: wie der Bolzen einer Armbrust mit voller Wucht eingeschlagen war, ein mächtiger Hieb den Panzer hatte aufplatzen lassen, knirschend, als zerträte man einen fetten Käfer. Das Eisen des Helms, in dem noch der abgetrennte Kopf steckte, schepperte auf Steinfliesen, ehe Graf Bodo den Totschläger hochgewuchtet hatte. Einem Rudel Flughunden gleich, sausten die schmalen japanischen Schwerter durch die Luft und trafen punktgenau. Des Grafen Gefolgsleute ließen bei der Nachricht vom Tod ihres Herrn alle

Hoffnung fahren und polterten in heilloser Flucht Wendeltreppen, Wehrgänge, Rampen und Böschungen hinunter. Schreiend stürmten die Bauern der Gegend durchs Tor, ein letztes Aufgebot, mit Dreschflegeln, Forken, Spießen und dem Mut der Verzweiflung bewaffnet. Sie wurden nach kurzem Gerangel hingemetzelt. Die Gemächer der Frauen konnten nicht mehr geschützt werden. Die Frauen fielen den Siegern in die Hände. Die Frauen gehörten immer den Siegern. Als die Flagge Nippons mit der blutroten Sonne im Morgendunst über dem Bergfried aufgezogen wurde, hatte der fremde Befehlshaber bereits ein Dutzend Bogenschützen übersetzen lassen, die sich am anderen Ufer in Stellung brachten, so daß der Rhein vollständig unter der Kontrolle seiner Leute war. Sie schossen mit brennenden Pfeilen die eilig ausgerüstete Flotte, die Entsatz hatte bringen sollen, in Brand. Berühmte Ritter sprangen vor den Flammen über Bord und gingen unter, die meisten sanken mit ihren Schiffen. Nach wenigen Tagen hatten die Japaner den Fluß mit einer Eisenkette gesperrt. Sie erhoben Zölle, die jeglichen Warenverkehr unrentabel machten. Wer nicht zahlte, dessen Ladung wurde beschlagnahmt. Die Wirtschaft des Hinterlands brach zusammen. Armut breitete sich aus. Der Winter brachte eine verheerende Hungersnot. Viele starben, Alte und Kinder vor allem.

»Meine Damen und Herren, in wenigen Minuten erreichen wir Koblenz Hauptbahnhof.«

Das blonde Mädchen aus der Zeitschrift lächelte ihm immer noch zu. Lächelte, als würde sie tatsächlich ihn meinen. Jungmädchenhaft. Aufreizend. Strich sich eine lange Strähne aus dem Gesicht. Schob die Hüfte vor, nahm sich scheinbar verschämt zurück. Lachte, warf die wulstigen Lippen auf, spitzte sie zum Kußmund. Streckte ihm ihren festen Hintern entgegen. Zum Greifen nah. ›Keine Angst, die will nur spielen.‹ Sie wollte Liebe mit ihm spielen. Mit ihm, Heinrich Grewent, einem verheirateten Mann. Ehebruch begehen. Unzucht treiben. Gewissenlos. Ihrer Sinne froh. Nicht wie Gerda, die dauernd Kopfschmerzen vorschützte, müde war, überarbeitet, mißmutig. Und samstags oder sonntags lag sie reglos auf dem Rücken und ließ es geschehen.

Schwarze Balken schossen durchs Bild. Graue Streifenblöcke. Der Himmel spiegelte sich in gekippten Scheiben, hinter denen Menschen arbeiteten. Vibrierende Stangen. Farbflecke. Irrlichter. Rasten vorbei. Er war ein Schwein. Flimmern, und ein schriller Ton, als quietschten Bremsen.

7. Gerda

– wie sie an dem zinnober lackierten Mensatisch saß und lustlos in Béchamelkartoffeln stocherte. Ein Gesichtchen bloß hinter der bauchigen Hornbrille. Ihr Blick hatte sich im Liniengewirr der PVC-Platten verheddert. Er sah sie zum ersten Mal. Weiche Locken, dunkelweizenblond, irgendwie aus dem Schnitt: Sie ließ sich wohl gerade die Haare wachsen. Sie aß allein. Steif, in ihrer eierschalfarbenen Bluse, dem strengen, marineblauen Rock. Ihre hängenden Schultern vielleicht, weil alles neu war und unausgesprochen feindlich. Sicher fühlte sie sich verloren auf dem weiten Campus. Vermutlich kannte sie kaum einen, das Semester hatte gerade erst begonnen.

Ihre schöne Wehrlosigkeit.

Ausgangspunkt der Wirtschaft sind die menschlichen Bedürfnisse. Diese Bedürfnisse äußern sich wirtschaftlich in dem von den Nachfragern formulierten Bedarf. – Er hatte Wesseling gehört, *Einführung in die allgemeine Volkswirtschaftslehre*, und wollte während des Essens seine Notizen aufarbeiten. Sonst vergaß er die Hälfte.

Gerda am Kaffeeautomaten. Sie goß unendlich lange Milch. Aufmerksam und ohne jede Eile. Das Durcheinander der Stimmen bündelte sich zu einem gebogenen Strahl weißer Flüssigkeit. Verstummte. Ertrank in ihrer Tasse.

Er hatte sich mit seinem Tablett zwei Tische weiter gesetzt, obwohl dort lediglich einer, bei ihr jedoch drei Plätze frei gewesen waren: Auf keinen Fall sollte sie ihn aufdringlich finden. Ob sie irgendwo einen Freund zurückgelassen hatte? Nur einen schmalen Goldring mit Perle am rechten Mittelfinger, blätterte sie versonnen in einer Kladde, hatte darüber den Kaffee vergessen, so daß er mit der großen Menge Milch, die sie hineingeschüttet hatte, fast kalt sein mußte, als sie den ersten Schluck nahm. Ohne Zucker.

Merksatz: *Wirtschaften heißt, das Spannungsverhältnis zwischen Bedürfnissen und knappen Gütern so weit wie möglich zu verringern.*

Wie spricht man ein Mädchen an?

Er schlief schlecht, weil er ihr Gesicht nicht festhalten konnte. Einmal sah er kurz ihre Augen, versuchte, die Wangenpartie zu ergänzen, da schaute ihn bereits jemand anderes an. Permutationen. Phantombilder. Wegdämmern. Welches Maß für die Schwere eines Herzens, während man sich seufzend vom Rücken auf die Seite wälzt, schwitzt, den Schlafanzug auszieht, die Decke fortstößt, aufsteht, sich mit an den Bauch gezogenen Beinen auf den Schreibtisch hockt, aus dem Fenster starrt. Eine trübgelbe Paste, von gleichgültigen Laternen abgesondert, hing über der Stadt und übertünchte auch den hellsten Stern. *Allein und abgetrennt von aller Freude* – weiter wußte er nicht. Ohnehin hatte sein vages Sehnen in der Klausur nur zu einer Vierplus gereicht. Schlotternd, mit feuchtkalten Füßen, die nicht mehr warm wurden in dieser Nacht, war er ins Bett zurückgekrochen, hatte den Kopf in die Kissen gegraben, daß endlich Ruhe herrsche und Dunkelheit. Vielleicht fände er sie dort.

Bestimmt hatten ihr die Béchamelkartoffeln nicht geschmeckt. –

›Meine Damen und Herren: Wenn wir jetzt die verschiedenen Elemente des Produktionsplanes betrachten, so haben wir auf der linken Seite die Kosten (K), zusammengesetzt aus den Faktorpreisen (q) und den Faktormengen (r)...‹

Welche Form hatten ihre Brauen?

›Entschuldige, kann es sein, daß ich dich von irgendwoher kenne?‹

›Du hast jetzt erst angefangen, oder? Ich hab dich hier noch nie gesehen.‹

›Und was studierst du?‹

Durch die Glastür sah er sie schon von weitem. Ihretwegen hatte er anderthalb Stunden auf einem unbequemen Kunstledersofa im Foyer gesessen, zweimal den Lokalteil der *Allgemeinen Zeitung* von gestern gelesen. Wie jeden Donnerstag wurden heute die Essensmarken für die nächste Woche verkauft. Da käme sie vielleicht. Woher sollte sie wissen, daß er nicht auf einen Kommilitonen wartete, wenn sie ihn überhaupt bemerkte, was unwahrscheinlich war.

Der Zivildienstleistende an der Kasse, ein

arroganter Fatzke, der es originell fand, in einem fadenscheinigen Tweedanzug mit grellbunter Krawatte aufzutreten, gab eine charmant gemeinte Peinlichkeit von sich, als er ihr die Märkchen durch die Schalteröffnung reichte. Später sagte Gerda auf Heinrichs Frage, ob sie den näher kenne, nein, nur flüchtig, aber es sei dort in der Pforte eine Zimmervermittlung, und – Robert heiße er, wenn sie sich recht entsinne – Robert habe ihr bei der Suche sehr geholfen. Ihm blies Robert demonstrativ eine Rauchwolke ins Gesicht.

Beinahe zufällig stand er dann an der Essensausgabe hinter ihr, schaute durch die Gegend, nickte von fern jemandem zu, der ihn jetzt um Gottes willen in Ruhe lassen sollte. (Wer denn noch?) Er fragte die Köchin wie einer, der sich auskennt, was es Gutes gebe, dabei roch der ganze Bau nach Rotkohl und Bratwurst.

›Das Essen ist hier besser als in der großen Mensa.‹

›Ja? Ich war noch nicht oft hier.‹

›Doch, kann man sagen … also normal schon, wobei, es kommt immer drauf an … je nachdem … – Wie heißt du?‹

›Gerda.‹

›Hast du was dagegen, wenn ich mich zu dir setze?‹

›Nein.‹

›Ich heiße Heinrich.‹

Darüber wurde es Winter, denn tags darauf sah er sie beim *Zorbas* mit einem Mann so gelöst und vertraulich plaudern, daß er annahm, der sei ihr Freund und zum Wochenendbesuch gekommen. Dabei paßte er mit seinem ungepflegten roten Bart, der ausgewaschenen Jeans überhaupt nicht zu ihr. Außerdem zündete er sich eine Zigarette nach der anderen an und trank unmäßig Rotwein.

Gerdas Haus, Am Gansfeldstecken 10 a, rechteckig, grob, ein unförmiger Klotz, der in der Mitte über dem Eingang, wo die Treppe hinaufführte, von einem breiten Streifen Glasbausteine geteilt wurde. Ihre Vermieter hießen Klemperer, hatten Besuch nach zweiundzwanzig Uhr verboten, und Frau Klemperer kontrollierte, wenn Gerda am Wochenende ihre Eltern besuchte, ob das Zimmer geputzt war.

An diesem Abend Anfang Januar hatten sie sich bei einem Studium-generale-Vortrag getroffen, *Christliches Menschenbild und Markt-*

wirtschaft, unverabredet. Da sie beide allein gekommen waren, erbot er sich, sie nach Hause zu begleiten. Gerda wirkte erleichtert. Sie war unsicher, ob sich eine junge Frau nachts gefahrlos durch die spärlich beleuchteten Straßen trauen konnte.

Auf dem schmalen Bürgersteig stießen ihre Ellbogen von Zeit zu Zeit aneinander. Zweimal drängte sie ihn so nah an die Bordsteinkante, daß er glaubte, dahinter stecke Absicht. Im selben Moment fand er den Gedanken absurd. Trotzdem blieb er derart mit Beobachtung und Analyse der zufälligen Berührungen beschäftigt, daß er kein Wort herausbrachte. Gerda erzählte munter drauflos: Von ihrem älteren Bruder Jonas, der Maler werden wolle, was für ihre Eltern ein Schock gewesen sei, zumal für Vater, der es am Herzen habe, worüber sie sich große Sorgen mache; daß sie neulich *Der weiße Hai* gesehen habe und vor Angst fast gestorben sei und daß sie sich wieder einen Goldhamster wünsche, sie hätte früher immer einen gehabt, Frau Klemperer ihr jedoch beschieden habe, Viehzeug käme auf gar keinen Fall ins Haus, Katakorisch nein, *Fräulein Poschmann!* darüber lachte Gerda. ›Frau

Klemperer hat Schwierigkeiten mit Fremdwörtern, benutzt aber gern welche. Neulich wollte sie ihren Kies *legalisieren* …‹

Heinrich lachte auch kurz, um dann wieder stumm der rheinisch gefärbten Melodie ihrer Stimme zu folgen, bis sie ohne ersichtlichen Grund abbrach. Da mußte er sich erst ihren letzten Satz zurückrufen: ›Hier wohne ich übrigens‹, womit er so schnell gar nicht gerechnet hatte. ›Und danke fürs Bringen‹, rief sie noch, winkend, schon halb in der Tür. Durch die Glasbausteine sah er ihren Schemen die Treppe hinaufsteigen.

Auch wenn Gerda ihn nicht noch auf einen Tee oder Wein zu sich eingeladen hatte, war er froh, endlich zu wissen, wo sie wohnte, wohin er seine Tagträume und Nachtgebilde aussenden sollte, wohin die Spatzen auf seinem Sims schicken, denen er Brotkrumen hinstreute. Möglich, daß Gerda eine Futterkugel aus Schmalz und Körnern ins Fenster gehängt hatte, dann sah sie vielleicht dieselben Vögel wie er. Der Weg von seinem Wohnheim zu ihrem Haus war nicht weit, Luftlinie dreihundert Meter, ein kurzer Vogelflug, auf daß sie es von den Dächern pfiffen, ein Katzensprung, wenn nachts alles grau war, ein Steinwurf, ein Schlagschatten, doch der konnte lang werden unter der tief stehenden Wintersonne, unüberbrückbar unter dichten Wolken. (Ein Schatten von was?)

Dennoch wechselte er vom *Kaisers*-Markt in der Kirschensteinerstraße zum *coop* im Münchfeld. Der lag näher bei ihr, und für ihn war es kein Unterschied. Eine bessere Idee hatte er nie gehabt. –

Durch die trübe Luft zog der bittersüße Geruch faulender Kohlstrünke. Seit der vergangenen Nacht hatte die dichte Schneedecke zu schmelzen begonnen. Krähenverbände machten sich über hellgrüne Schößlinge her, flogen krächzend auf, wenn ihnen jemand zu nahe kam, oder grundlos. Einer einzelnen schauten sie längere Zeit zu, wie sie immer wieder mit einer Walnuß im Schnabel hochstieg und die Nuß auf den asphaltierten Weg fallen ließ.

Den ganzen Morgen hatte er gefürchtet, Gerda würde wegen des Wetters absagen. Wenn auf dem Flur das Telephon klingelte, erschrak er, hörte sie sagen: ›Bei dem Niesel hab ich keine Lust, Heinrich, laß uns das auf einen anderen Tag verschieben, wenn's wieder schöner ist.‹

Bis dahin hatte er sie vier Mal im Supermarkt gesehen. Die ersten beiden Male war er auf eine Begegnung überhaupt nicht gefaßt gewesen und, als sie auftauchte, verstohlen zwischen den Regalreihen hindurch geschlichen, damit sie ihn nicht bemerkte. Danach hatte er sich zwei, drei Sätze zurechtgelegt, und prompt erschien sie dreieinhalb Wochen lang nicht. Beim dritten Mal war er geradewegs auf sie zugegangen. Sie sprachen ein wenig über die Einkäufe, das Studium. Augenscheinlich freute sie sich, ihn zu sehen. Schließlich am Mittwoch – das war ein klarer kalter Tag gewesen, vorher hatte es reichlich geschneit –, nahm er allen Mut zusammen und lud sie zu einem Sonntagsspaziergang durch die Felder und Gärten hinter der Stadt ein: ›Ulrich – den kennst du doch… Ulrich und Beate gehen vielleicht auch mit.‹ Das war gelogen, er hatte die beiden gar nicht gefragt, gleichwie: Sie konnten überraschend zu den Eltern gefahren sein. Gerda fand die Idee wunderbar. Sie hatte in diesem Winter noch keinen Schneespaziergang gemacht und liebte

Spaziergänge über alles, aber bis jetzt lag ja auch kaum Schnee, zumindest nicht für länger. ›Ulrich ist nett, mein bester Freund. Und mit Beate verstehst du dich bestimmt.‹

Als er, wie verabredet, um halb drei läutete, hörte er sie die Treppe hinabspringen, die letzten fünf Stufen in einem Satz, dann stand sie vor ihm, strahlend, unter einer violetten Strickmütze, und spannte den Schirm auf.

Matsch. Wo der Weg nicht asphaltiert war, versank man im Matsch. Seine dünnen Sohlen hatten längst jeden Widerstand aufgegeben. Mit durchnäßten Socken stapfte er neben ihr her, bei jedem Schritt schmatzte es obszön aus seinen Schuhen. Der Verbleib von Beate und Ulrich interessierte sie nicht.

Sie gingen am Bach entlang, der von den Rändern her vereist war, schichtweise, mit eingeschlossenen Blasen, verrotteten Binsen, abgestorbenem Schilf. Aber es taute jetzt, an vielen Stellen sprudelte Wasser übers Eis, durch das Röhricht, bildete kleine Strudel und Nebenbäche, unterspülte die Schichten, bis sie sich ablösten und forttrieben. Eine Ratte fettete ihr Fell im Gestrüpp und verschwand, ehe

Gerda hätte aufschreien können. Bestimmt hätte sie geschrien. Lange standen sie unter den herabhängenden Zweigen einer mächtigen Weide, lehnten sich übers Geländer, und Gerda hatte sogar ins Wasser gespuckt. Er warf Steinchen. Ihre Hand in dem dunkelblauen Fingerhandschuh berührte seine wie zufällig. Als wenn sie die nicht in die Manteltasche hätte stecken können. Dann hatte er die Hand einfach genommen. Ohne ein Wort, ohne sie anzusehen. Und Gerda hatte es zugelassen. Das Leder fühlte sich weich an und sehr warm. Er hielt sie fest. Kein Tasten, kein behutsames Streicheln. Er würde sie nie mehr loslassen. Gerda sagte nichts. Nach fünf Minuten, nach einer Viertelstunde, Zeit, die sich dehnte, stillstand, irgendwann riß sie ihre Hand mit einem Ruck weg. Er hätte einsinken mögen in dem Morast unter sich, vom Bachschlamm verschluckt werden, sich auflösen, wie die fortgeschwemmten Eisschollen, in Schmelzwasser und Schwebstoffe. Vermutlich hatte er rote Ohren bekommen. Sein ganzes Gesicht schien entzündet. Hautfeuer, Porenbrände. Er wollte sich für den Übergriff entschuldigen, aber die Zunge war gelähmt, die gelähmte

Zunge ließ sich nicht bewegen, ein Knebel aus geschwollenem Fleisch steckte in seinem Mund, er kaute auf einem unförmigen Kloß herum, schmerzhaftes Mahlen des Unterkiefers, ein Backenkrampf. Er redete tonlos wirres Zeug. Dann hatte sie plötzlich den Handschuh abgestreift und ihre nackte Hand in seine gelegt. Und ihn angelächelt. Ein bißchen verschmitzt sogar. Und die Sonne war behutsam durch den dicken Nieselbrei gekrochen. Oder es hatte nur den Anschein gehabt. Er nahm das durchbrechende Licht als Zeichen. Als ihr Zeichen.

Abends beim Abschied hatte er sie geküßt. Zunächst auf die Wange. Dabei traf er ihre Brille so unglücklich, daß sie von der Nase rutschte. Eine Woche später küßte er sie auf den Mund. Sie mußten das beide erst lernen. Noch später streichelte er ihre Brüste. Es gefiel ihr. Weiter wagte er sich nicht vor.

Besuche bei den Eltern wurden vereinbart, ein Verlobungstermin. In dieser Zeit blieb Gerda vor jedem Schmuckgeschäft stehen, um Trauringe anzuschauen, freute sich vor jeder Brautboutique an den weißen Kleidern. Er mußte sagen, welche Ringe er kaufen würde, welches Kleid er am schönsten fand. Sie hatten einen ähnlichen Geschmack.

Vor der Hochzeit gab es Streit, weil seine Eltern Leute aus ihrem Bekanntenkreis einladen wollten, die er nicht mochte und von denen er meinte, daß sie auf seiner Hochzeit nichts zu suchen hätten. Er setzte sich durch, und Gerda bewunderte ihn dafür, obwohl oder gerade weil sie aus Angst vor einem Zerwürfnis versucht hatte abzuwiegeln. Am Tag der Hochzeit wirkten alle zufrieden.

Er war glücklich, daß sie jetzt ganz zusammengehörten, trotz einiger Anfangsschwierigkeiten, von denen er annahm, daß die sich im Lauf der Zeit von selbst verlören. Ein halbes Jahr zuvor hatte er sein Diplom bestanden und gleich bei *Prosan* anfangen können, in einer für ihn als Neuling sehr gut bezahlten Position. Gerda begann ihr Referendariat. Die Wohnung, in die sie gezogen waren, lag nicht weit von dem Weg entfernt, auf dem er ihre Hand genommen hatte. Sie gingen ihn damals oft, jeden Sonntag, wenn das Wetter es erlaubte, aber auch unter der Woche an schönen Abenden. Gerda liebte Erinnerungen. Ihr Haus stand jetzt allerdings am entgegengesetzten Ende der Stadt. Es mußte Monate her sein, über ein Jahr, daß sie sich zuletzt die Mühe gemacht hatten, den Weg zu besuchen.

8. Mädchen

Bonn. Geschrei und Gezeter. Niemand hatte mit einem neuerlichen Überfall gerechnet. Widerstand war zwecklos. Binnen Sekunden Dreckschlieren auf dem Gang, vom Regenwasser gelöste Erde in Form verschiedener Turnschuhsohlen. Contigummiprofile stanzten Schlamm. Entsetzen, Ohnmacht. Rucksäcke schabten gegen das Türglas, nasses Haar hinterließ auf der Scheibe einen flüchtigen Abklatsch. Die Tür wurde fast aus ihrer Halterung gedrückt. Dann wieder kurze Stöße, Gerangel: Jede wollte den ersten Platz oder hatte im Tumult ihre beste Freundin verloren, die war schon weiter vorn, vergaß vielleicht freizuhalten oder konnte sich gegen Stärkere nicht durchsetzen. Vor Aufregung rot gefleckte Gesichter, wilde Blicke, knappe Bösartigkeiten. Als die Tür seines Abteils aufgerissen wurde, drang der Geruch von feuchter Wolle und Ölzeug herein, die überhitzten Körper darunter verströmten Adrenalinschweiß. Mütter winkten vom Bahnsteig, den kleinen Bruder im Arm, klopften ans Fenster. Doch die guten Wünsche, letzten Mahnungen blieben unverständlich. Sie interessierten auch niemanden. Dazwischen erhob sich vom Eingang her die Stimme der Lehrerin: »Weitergehen, ohne zu drängeln, Anne und Nicole, das gilt für euch genauso. Alle bekommen einen Sitzplatz, wir haben reserviert.« – »Ist hier frei?« Was sollte er sagen? Sein Abteilnachbar war samt Heftchen ausgestiegen. Er saß allein. Eine Antwort wurde ohnehin nicht erwartet. – »Können Sie meinen Koffer da hoch …?« Er konnte, half auch den beiden anderen. »So. Bitte.« Da redeten sie längst, als gäbe es ihn nicht.

Das Mädchen neben ihm war hübsch. Vielleicht dreizehn. Erste Wölbungen zeichneten sich unter dem Pullover ab. Aber sie redete wie ein Kind. Viola fiel ihm ein. Möglicherweise auch nur wie ein halbes Kind. In diesem Zwischenbereich. In einem schwierigen Alter, wie sein Vater sagte. Die Lehrerin würde es wissen, sie konnte ein Lied davon singen. Ihm fehlten die Kriterien. Außerdem hatte es keine

Bedeutung. Viola, das Veilchen. Ihr langes Gesicht, die dünnen Haare immer strähnig, immer fettig. Viola war damals sieben, er zwei Jahre älter. Er hatte sie geliebt. Oder was auch immer. Jedenfalls hatte sein Gefühl dem geähnelt, das er dann für Gerda empfand. Obwohl sie strohdumm gewesen sein mußte. Später kam sie auf die Sonderschule, er verlor sie aus den Augen. Das Mädchen hier hatte schönes Haar, bloß wegen der Nässe wirkte es ungepflegt, aber es würde rasch trocknen. Und dieselbe blasse durchscheinende Haut, wie Butterbrotpapier. Wenn sie sich ruhig verhielten, konnten sie seinethalben bleiben. Es gab noch viel Arbeit, da brauchte er Ruhe. Er wußte nicht, wo sie hinfuhren. Möglicherweise weit. Unter Umständen sähe er sich gezwungen, ihre Lehrerin zu informieren, was im Zweifel nichts fruchtete, denn mit der Erziehung war es im letzten Jahrzehnt stark bergab gegangen. Da teilte er Vaters Ansicht. Gehorsam zählte nicht mehr. Er hätte sich doch in die 1. Klasse setzen sollen. Natürlich konnte er auch jetzt aufstehen und seine Sachen zusammenpacken. Doch die Mädchen müßten denken, es sei ihretwegen, und wären verletzt. Keiner konnte

Viola leiden, und er verbarg seine Liebe, so gut es ging. Ihre Eltern galten als minderbemittelt und arbeitsscheu, die Zahl ihrer Kinder war groß und unbekannt. Mutter sagte, die Kinder würden die Haupteinnahmequelle der Familie darstellen, sie lägen dem Staat auf der Tasche und damit auch ihnen persönlich. Alle landeten früher oder später auf der Sonderschule und gammelten danach herum. Sie hatten sonst nichts gelernt. Manchmal stand einer an der Hauptstraße beim Autostop. Nie hätte ihn jemand aus der Stadt mitgenommen. Später hatte er Viola auch warten gesehen, aber er ließ Gerda nicht anhalten. Mit welcher Begründung auch. Gerda wußte von Viola nichts, außer dem, was zu Hause in Tischgesprächen über ihre Familie erzählt wurde. Wahrscheinlich hätte sie sich geweigert, sie einsteigen zu lassen. Er schämte sich der Geschichte mit ihr. Nachher schämte er sich seiner Feigheit. Wenn sie Viola mitgenommen hätten, wäre wenigstens für diesmal ausgeschlossen gewesen, daß sie einem Verbrechen zum Opfer fiel.

Die Köpfe zusammengesteckt. Flüstern hinter vorgehaltener Hand. Das war zu erwarten gewesen. Prickelnde Mädchengeheimnisse: das

Geständnis einer ersten Schwärmerei, Monatsblut. Kichern, Albernheit. Wem galt das schrille Gelächter so plötzlich? Blöde Gören. Er prüfte unauffällig, ob sein Hosenschlitz geschlossen war. Die Krawatte saß richtig, das Hemd hatte keine Flecken. Er fand nichts Komisches an sich. Wie Gerda dieses Theater jeden Tag aushielt. Und Gerdas Schüler waren noch einiges jünger. Daß ihm beim Frühstück kein Eigelb das Kinn hinuntergelaufen war, hatte er vor dem Verlassen des Hauses im Garderobenspiegel kontrolliert. Verständlich, daß sie sich überfordert fühlte. Er wollte nicht mit ihr tauschen. Jeden Tag dreißig kleine Bestien in Menschen zu verwandeln, das mußte auf Dauer nervöse Überreizung zur Folge haben. Dazu die Auseinandersetzungen mit nörgelnden Eltern, denen es nie recht zu machen war, mit Kollegen, die alles besser wußten, einer unberechenbaren Direktorin. Er hätte weniger hartherzig sein sollen. Womöglich hatte er ihre Belastung von seinem stillen Schreibtisch aus all die Jahre unterschätzt. Jetzt waren die Schwierigkeiten beinahe unüberwindlich. Spannungen, Verwerfungen, Eruptionen. Die Platten drifteten auseinander. Ein Graben war aufgebrochen und füllte sich mit Wasser. Seebeben türmten Flutwellen auf, die gegen das Land anrannten, die Fundamente des Hauses zu unterspülen drohten. Jalousien ratterten, ein Gartentor schlug auf und zu, bis es aus den Angeln gerissen wurde. Fraglich, ob das Gemäuer standhielt. Sie hatten beim Kauf leichtsinnig auf den Rat eines Experten verzichtet. Gerda war geflohen und in ein abgelegenes Hotel im Landesinneren gezogen. Der ergraute Portier wies ihm formvollendet den Weg. Zaghaftes Klopfen. Sie empfing ihn reserviert, ohne erkennbare Gefühlsregung. Obwohl er doch nach langer Abwesenheit zurückkehrte: schuldbewußt, reumütig. Mit einem Rest Hoffnung. Er liebte seine Frau noch immer. Sie hatte ihn auch geliebt, aber es war viel geschehen, das ließ sich nicht einfach fortschieben. Er hatte sie in der größten Not im Stich gelassen, als ginge ihn alles nichts an. Dabei war ihm bewußt gewesen, was kommen würde. Die Küstenwache hatte Sturmwarnungen ausgegeben. Er räusperte sich, zupfte an seinem Ohrläppchen. Die Frau bot ihm einen Sessel an. Sie saßen in dem geräumigen, hell erleuchteten Zimmer und schauten aneinander vorbei. Die Lampen aus poliertem Messing trugen bemalte Seidenschirme, ein Stuckfries schloß die Wand nach oben hin ab. Mahagonischränke, Landschaftsbilder: Öl auf Leinwand. Samtvorhänge umrahmten Fenster und die einen Spaltbreit geöffnete Terrassentür. Schwüle hing über dem menschenleeren Park. In weiter Ferne verdunstete die Flut, wehte in Schleiern herüber, aber die Sonne drang nicht durch. Nach einer ausgedehnten, unerträglichen Stille fielen harte Worte. Die Frau überhäufte den Mann mit Vorwürfen, bis ihre Sätze erstickten und Tränen bitter die Wangenpartie hinunterrannen. Der Mann wußte, daß er die Liebe seiner Frau verloren hatte. Langsam trat er auf den mit Kristallkaraffen und Flaschen bestückten Barwagen zu, griff nach einem Glas, ließ drei Eiswürfel auf dessen schweren Boden fallen, stellte die silberne Zange in den Kübel zurück und goß sich, obwohl es erst gegen Mittag ging, einen doppelten Scotch ein. Allerdings entzündete er keine Zigarette. Schließlich wandte er sich zum Fenster, nahm einen großen Schluck, verlor sich in Weiten jenseits des Horizonts, atmete hörbar, während die Frau mit zusammengepreßten Knien auf der Sessellehne hockte und ihr Gesicht in die Hände grub. Dann sagte er etwas Allgemeines über seinen Charakter. Selbsthaß ließ seine Stimme vibrieren. Die Frau richtete sich auf und schüttelte den Kopf. Ihr Blick ging ins Leere. Sie hatten einander doch geliebt, wie waren sie zu diesem Schlußpunkt gekommen? Achselzucken, als ein Telex die Nachricht brachte, daß ihr Haus in der vergangenen Nacht von einem neun Meter hohen Brecher weggerissen worden sei. Was änderte es, die Kluft konnte nicht mehr überbrückt werden. Der Mann würde fortgehen. Für immer. Vielleicht nach Amerika oder Neuseeland. Auf einem Schiff anheuern. In eine ungewisse Zukunft fahren. Er hatte ihr Leben zerstört. Die Schuld erdrückte ihn, würde ihn nirgends Ruhe finden lassen. Abschiedsschwer trafen sich ihre Blicke. Er wollte sie umarmen. Sie stieß ihn fort und drehte sich um. Kraftlos stellte er sein leeres Glas auf das marmorne Fensterbrett und verließ das Hotel über die Terrasse. Schritte knirschten im Kies. Für einen kurzen Moment schwankte er wie von einem Schwindelanfall. Dann löste sich seine Gestalt zwischen Wacholdersträuchern und Platanen auf. Abspann. Dunkle Streicher spielten zum letzten Mal das Titellied, ein Solocello übernahm die Melodie. Als weiße Schrift zogen die Namen der Beteiligten über das Zimmer, wo die Frau in stummem Schmerz erstarrt war.

9. Garn

Als wollten sie sich aneinanderreiben. Zwei Riesenschlangen im Liebesspiel. Vielleicht der Wärme wegen an diesem lausigen Tag. Um für einen flüchtigen Augenblick den eingefahrenen Gleisen zu entkommen. Jeden Moment auf der Hut, jeden Moment bereit, sich gegenseitig zu verschlingen. Einblicke in Inneres, Sekunden der Schwäche werden vom Spiegelbild überdeckt. Auf Annäherung bis fast zur Berührung folgt sofortige Wiederherstellung der Distanz. Bleib fern von mir, ich kann dich nicht halten. Anziehung, Abscheu, gleitendes Vor und Zurück. Die Luft im Zwischenraum müßte zittern oder sich aufladen. Die Erde dröhnt. Schon leichtes Streicheln zöge eine Katastrophe nach sich. Diesmal entkommst du mir noch.

»Wir begrüßen die in Köln zugestiegenen

Fahrgäste im Intercity fünfhundertsechzehn *Klaus Störtebecker* von München nach Hamburg Altona und wünschen Ihnen eine angenehme Reise. Den Fahrplan dieses Zuges sowie die wichtigsten Anschlußzüge entnehmen Sie bitte dem Faltblatt *Ihr Zugbegleiter*, das an Ihrem Platz ausliegt. Weitere Auskünfte erteilt Ihnen gerne unser IC-Team. Im 1. Klasse Großraumwagen, am Schluß des Zuges, steht Ihnen ein Münzzugtelephon zur Verfügung, von dem aus Gespräche ins In- und Ausland möglich sind.«

Kann einer denn verstehen, wie alles anders wird, ohne Angabe von Gründen, wenn kaum ein böses Wort gefallen ist lange Jahre? (Und *alles* heißt doch auch nichts und *anders.*) Wie *etwas* eine Wendung nimmt, eine Richtung einschlägt, in deren Verlauf, der weder einsehbar ist noch voraussagbar, Dinge zutage gefördert werden, an deren Schlußpunkt den Gesetzen von Ursache und Wirkung folgend, wozu es keinesfalls kommen durfte. (Vermerk!)

Wann hatte Gerda zum letzten Mal ›Schatz, weißt du noch…‹ gesagt, mit diesem kindlichen Strahlen, und wann hatte er sich zum letzten Mal geschämt, daß ihm nicht eingefallen war, woran sie dachte, und trotzdem genickt, als dächte er dasselbe, um sie nicht zu kränken, weil er das Leuchten in ihren Augen mochte, das so plötzlich verfiel, wenn er sie enttäuschte. Hätte das allmähliche Schwinden ihrer Erinnerungsgewohnheiten, wofür alle Anzeichen sprachen, ihrer Sentimentalität, wenn es nicht so abschätzig klänge, die er manchmal reizend fand, manchmal belächelte, hätte es ihn aufmerken lassen müssen? Ihre Rührseligkeit war ihm auch oft peinlich gewesen, wenn sie bei jeder sich bietenden Gelegenheit, passenden oder unpassenden, das Hochzeitsalbum gebunden in weißes Leder mit goldenem Schriftzug *Vermählung Gerda und Heinrich Grewent* aus der Kommode kramte, und alle, die zu Besuch kamen, sei es nur für einen halben Nachmittag, wortreiche Erklärungen über sich ergehen lassen mußten, möglichst staunend, obwohl sie sich vielleicht langweilten, was anzunehmen war. Alle Hochzeitsalben, die er kannte, sahen gleich aus: das Paar vor dem Kirchenportal, allein, im Kreis der Eltern, mit Freunden, Verwandten, Nachbarn; das Paar in der Rosenlaube, neben einer Gipsfigur unter Arkaden (Fortuna schüttet ihr Füllhorn aus); Hand in Hand über eine Blumenwiese hüpfend, die Braut mit wehendem Haar. Seiner Ansicht nach war das aufdringlich, und man sollte Gästen nichts aufdrängen. Das sagte Gerda sonst selbst. Katrins Mann Walter gähnte, verdrehte mehrmals die Augen, erkundigte sich, ob jemand die Fußballergebnisse gehört habe, zwinkerte ihm zu, während Gerda sich nicht aus der Ruhe bringen ließ und unerbittlich weiterblätterte, nichts hörend, nichts sehend. Alle Bilder mußten gezeigt werden. Katrin sagte aus Höflichkeit: ›Mach weiter, Gerda, das interessiert uns sehr.‹

Kann einer ahnen und auf welche Indizien sich stützen, wer eine Ahnung hat (Gibt es Beweise?), daß etwas Gemeines sich eingeschlichen hat, klammheimlich, zwischen gestern abend und heute morgen, etwas Bösartiges, unangekündigt, wo doch schweigendes Einvernehmen vorausgesetzt worden war, und ist er angehalten trotz gemeinsamer Vergangenheit, glücklicher Tage, gleichlautender Absichtserklärungen (auf Gedeih und Verderb), täglich wachsam zu sein, ob nicht ein Fädchen gerissen, ein seidenes, das, mit dem man zum Anfang zurückfindet, und geschieht ihm recht, wenn, gesetzt den Fall, er hat die Ahnung nicht gehabt oder ihr keine Beachtung geschenkt, wenn das erste Fädchen ein zweites nach sich zieht, ein drittes, bis eine Zerfaserung eintritt, an deren Ende, was nicht auszudenken ist, die gänzliche Auflösung des Gewebes in einen Fadenhaufen steht, in ein Wollknäuel, dem nichts zu entnehmen ist, als daß es vormals einen Stoff gegeben hat, graumeliert, mit farbigen Einsprengseln.

Das Mädchen neben ihm blies einen rosa Kaugummiballon auf, bis er platzte, piddelte dann hingebungsvoll mit für ihr Alter unangemessen langen Fingernägeln die klebrigen Häute von Kinn und Oberlippe, lutschte schmatzend die Finger ab.

Wenn er Viola morgens an der Bushaltestelle einen seiner kostbaren, heimlich vom knappen Taschengeld gekauften Kaugummis geschenkt hatte, konnte er sicher sein, daß sie den Pfriem noch mittags auf der Rückfahrt in der Backentasche trug.

Sag doch was. Sag doch was. Als redete er einer Toten zu, vor ihm auf dem Asphalt. Dem gefräßigen Gott der Bewegung als Opfergabe dargebracht. Rüttelte an ihren Schultern, daß sie die Augen aufschlüge, um ihm zu vergeben. Ein Blick nur. Bis ihn der Polizeihauptmeister oder der Notarzt am Arm faßt. Ruhig und bestimmt. Nicht einmal die schwarze Flagge wird gehißt.

Aber im Grunde ist doch nichts passiert. Keine besonderen Vorkommnisse. Man muß froh sein, wenn schwerere Schläge ausgeblieben sind, das Durcheinander vorbeigegangen ist, in einiger Entfernung, ohne einzutreten. Fürs erste. Nur ein Aufschub. Ihm waren die Augen schon verbunden, ein fremder Priester wetzte das Messer. *Denn er will Brandopfer, und an Schlachtopfern findet er Gefallen.* Wenn wenigstens das Los geworfen worden wäre. Dann hätte das Schicksal entschieden. Man konnte sein Hemd zerreißen, sich das Gesicht zerkratzen, die Haare raufen. Und man wurde beklagt. Aber Gerechtigkeit hätte geherrscht: Es hätte jeden treffen können. Der Zufall will nichts. Er zürnt nicht, er straft nicht, ist weder blind noch wütig, nicht einmal gleichgültig, und man kann ihn auch nicht herausfordern. Trotzdem wußte nicht jeder ein stilles Leben zu schätzen. Sein Schwager Jonas trank, durchlitt eine große Liebe nach der anderen, geriet in Schlägereien, trank weiter, ließ sich vom Schuldienst beurlauben, um in Südamerika den Tod zu suchen – angeblich beschäftigte er sich mit den Rätseln der Mayaarchitektur. Anschließend verschuldete er sich, um fünf Monate lang jedes Wochenende nach London zu fliegen, einer neunzehnjährigen Göre wegen, Arianne Brown, die er im Dschungel kennengelernt hatte und dann, vermutlich schwanger, sitzen ließ, um sich mit einer infantilen Düsseldorfer Schönheitskönigin zu vergnügen. Wahrscheinlich fände man ihn eines Tages mit zerschlagenen Knochen, weil er im Suff vom Balkon seiner Wohnung gestürzt war, die lag im fünften Stock, möglicherweise mit tatkräftiger Unterstützung eines gehörnten Vorgängers. Assmann war auch schon mit drei verschiedenen Begleitungen aufgetreten. Dr. Kronberg lebte von seiner Frau getrennt. Drei Viertel aller Paare gingen auseinander, um sich früher oder später neu zu verbinden.

Aber das stand gar nicht an. Prinzipiell nicht. Er liebte Gerda. Und die fuhr doch auch mal übers Wochenende auf Fortbildungen, wozu er sie immer ermutigte, oder für vier, fünf Tage ins Schullandheim. Sogar in Begleitung männlicher Kollegen. Was er hinnahm. Tausende von Geschäftsreisenden verabschiedeten sich allmorgendlich mit oder ohne Kuß von Frau und Kindern, um allerorten an Seminaren teilzunehmen, Verhandlungen zu führen, neue Märkte zu erschließen, zu erobern, und ihre Frauen warteten treu oder waren selbst unterwegs und bekamen kostspielige Souvenirs zum Trost. Auch die Kinder wußten entsprechende Gehälter und großzügige Mitbringsel zu schätzen: hochtechnisiertes Spielzeug, Markenjeans & Jacketts, teuren Modeschmuck, wie die Mädchen hier ihn trugen. Mit einem Durchschnittsgehalt ließ sich das nicht finanzieren. Dann gab es zu Weihnachten einen Tornister aus schwarzem Kunstleder, auf den mußte gut Obacht gegeben werden, jeder Kratzer schaffte fortan Erklärungsbedarf. Mutter hatte selbst eine Hose genäht und sich viel Mühe gemacht. – Nur das Weinen hinunterschlucken, ein Glück spielen, sonst wäre sie enttäuscht. Letzte Hoffnung auf einen Panzerkreuzer, den Starfighter, das Fort mit General George Armstrong Custer und seinen Männern im Päckchen von Oma und Opa: Statt dessen Legosteine. Vierer, Sechser, Achter, rot, weiß, blau. ›Ein wunderbares Geschenk, ihr glaubt nicht, was die Kinder damit alles bauen.‹ Nach Ansicht seiner Eltern kam aus Amerika bloß Unsinn. Bestimmt hatten sie recht. Er war undankbar. Ein Egoist. Er wollte immer nur alles habenhabenhaben, und das konnte man nicht. Was sollte er nach den Ferien den anderen zeigen, selbst wenn die anderen für sie kein Maßstab waren und er ja auch nicht Ulrich Breuer in den Rhein hinterher sprang? Ein einziges richtiges Geschenk. Er würde behaupten, daß er Ski bekommen hätte, sollte die einer sehen wollen, lagen sie auf dem Speicher. Von Legosteinen ließ sich auf dem Schulhof so wenig jemand beeindrucken wie mit Berichten vom Ausflug in den Staatsforst.

Das Mädchen neben ihm sah wirklich aus wie Viola. Er schloß allerdings aus, daß sie miteinander verwandt waren.

›Wie heißt dieser Baum, Heinrich? Weißt du nicht? Was lernt ihr denn überhaupt?‹

›Heinrich und Viola gingen in den Wald. Sie machten Ernst. Ernst ist heute drei Jahre alt.‹

›Hör auf damit, das stimmt nicht.‹

Vater nahm daraufhin das Heft selbst in die Hand, endlose Lehrpfadbegehungen folgten. Für die ganze Familie wurden Kniebundhosen angeschafft, aus denen die Strümpfe herausrutschten. Mutter hockte dann vor ihm und zurrte das Bund so fest, daß es schmerzte, damit er nicht wie ein *Strauchritter* aussah. Viola hatte nie gelacht, wenn er darin zur Schule mußte. Laub und Blumen trockneten, zwischen Löschpapier gepreßt, in den Bänden der Enzyklopädie, wurden in Ordner geklebt, beschriftet, samstagnachmittags abgefragt. Gegen die Quengeleien gab es abwechselnd Pfefferminz und Ohrfeigen. Vater entwarf anhand von Wanderkarten Schnitzeljagden, ging frühmorgens die Strecke ab, um Wegweiser zu verteilen, arbeitete Aufgaben aus, Vogelbestimmungen, Spurenlesen, Silbenrätsel, die an den einzelnen Stationen gelöst werden mußten. Nur daß Kastanien und Tannenzapfen als Tauschobjekte wertlos waren. Zwei Bussardfedern und ein Hirschzahn, den hatte er seiner

Oma abgeluchst, die einen anderen, in Gold gefaßt, als Anhänger trug, gegen einen Plastikindianer plus Messer, Speer und Tomahawk, die man in dessen geballte Faust stecken konnte, blieben das beste Verhandlungsergebnis, das er je erzielt hatte. Die Federn mußte er dazu als echte Adlerfedern ausgeben, die sein Patenonkel Werner aus Kanada mitgebracht hatte, den Adler selbst erlegt, obwohl der Onkel Schreinermeister gewesen war und seit einem Schlag dahinvegetierte. Vorher hatte er filterlose Zigaretten geraucht und eine speckige Lederschürze getragen. Er konnte Bögen und Flöten schnitzen. – Am Abend nach dem Handel rief die Mutter seines Vertragspartners an und forderte, das Geschäft müsse unverzüglich rückgängig gemacht werden, andernfalls geschehe wer weiß was, die teure Figur gegen einen Haufen Plunder, soweit käme es noch. Vater schwieg erst. Schüttelte dann den Kopf: Er hätte nicht gedacht, daß sich sein Sohn als Lügner und gemeiner Betrüger entpuppen würde. Und dann verhöhnte er in schamloser Weise die Krankheit seines Patenonkels. Unglaublich.

Er schaute zu dem Mädchen hinüber, unsicher, ob er nicht im Eifer etwas gemurmelt hatte. Die Stille seines Büros mit Frau Saibling als Vorposten und das lange Alleinsein beförderten Marotten. Besonders während hochkonzentrierter Arbeitsphasen redete er oft, bis eine Störung – am Fenster vorbeischießende Tauben, Dr. Kronbergs wütende Stimme im Nebenraum – den Gedankenfluß abbrach. Gerda hatte ihn während der letzten Monate, als er in jeder freien Minute über den Wandhalter nachdachte, beim Unkrautjäten, Spargelschälen im Selbstgespräch erwischt: ›Du bringst mich zur Verzweiflung, Heinrich.‹ – Aber jetzt sah er weder Spott noch Befremden in den Gesichtern. Sie tuschelten auch nicht mehr. Das Viola-Mädchen lächelte freundlich.

10. Die Wölfe

Vor kurzem erst waren sie aus Ungarn gekommen. Über die Alpenpässe, dann in nächtlichen Eilmärschen, fünfzig Kilometer pro Nacht, flußabwärts bis hierher. Sie würden bleiben.

Viola wußte nicht, wo Ungarn lag. Es klang finster und wild in ihren Ohren. Kein Zweifel, daß es dort Wölfe gab. Er sagte, daß er die Meute selbst gesehen habe: Neulich hatte ihn ein grauenhaftes Heulen geweckt. Er war unbemerkt aus dem Schlafzimmer geschlichen, aus dem Fenster geklettert und mit dem Fahrrad zum *Röderer Forst* gerast, so schnell er konnte. Der Mond schien hell, der Wald fiel als langer Schatten auf das Rübenfeld. Dort hockten sie. Einige lungerten satt und gelangweilt abseits herum, möglicherweise Wachen. Nur die Alphawölfin heulte. Die anderen ahmten ihre Heulbewegung bloß nach, indem sie den Kopf ruckartig in den Nacken warfen. Sie bleckten die Zähne, knurrten rauh. Speichel troff die Lefzen hinunter. Er schmiß das Fahrrad ins Gras, unterdrückte das Keuchen. Noch hatten sie ihn nicht bemerkt. Er robbte bis auf dreißig Meter heran, wie er es von Soldaten im Manöver kannte. Sechzehn Stück. Jungtiere hatte er nicht gesehen. Am nächsten Morgen gab es wegen des verdreckten Pyjamas Ärger mit Mutter. Er hatte auf alle Nachfragen geschwiegen.

›Warum denn?‹

›Doofe Frage. Was meinst du, was dann passiert. Wenn du dich nicht von mir beschützen läßt, werden sie über dich herfallen. Die lauern überall. Vielleicht schon zwischen der Bushaltestelle und eurem Haus. Bei mir bist du sicher. Ich weiß, was man machen muß.‹

Sie fraßen am liebsten zartes Mädchenfleisch.

›Aber meine Mutter hat nichts davon erzählt.‹

›Ich sag dir doch, daß ich der einzige bin, der sie gesehen hat. Glaubst du mir nicht? Du kannst mir ruhig glauben. In der Pause paß ich doch auch auf, daß dir niemand was tut, oder?‹

›Ja.‹

Die Schülerinnen neben ihm fingen ein Spiel an, jede mit Zettel und Bleistift bewaffnet.

»Denk dir ein Wort aus, Silvie.«

Das Viola-Mädchen hieß Silvie und rutschte unruhig auf seinem Platz herum, zupfte am Pulli, um Luft an die Haut zu bringen, schaute nach seiner Seite zum Fenster hinaus: nasse Wiesen dunkelgrün von einem Filzlappen bedeckt, zwei breite Streifen. Ihre Pupillen sprangen hektisch hin und her, blieben stehen, fixierten oberhalb der Stirn ein schwieriges Wort mit vielen Buchstaben, das den beiden anderen den Kopf zerbrechen sollte. Am besten wäre, wenn sie es überhaupt nicht kannten. Sie preßte die Lippen aufeinander, ein bißchen böse, setzte eine siegessichere Miene auf, zog eine lange, gestrichelte Linie und schrieb auf Position zwei ein *o*.

»Fertig.«

Er zählte fünfzehn Stellen.

»*a*?«

Ein *a* auf Position elf.

»*b*?«

»Falsch.«

Der Hügel für den Galgen.

Hinterrücks trat er Viola in die Kniekehlen, so fest es ging, mit der Schuhspitze, daß sie fast hinfiel, manchmal lief ihr Blut das Schienbein hinunter, weil sie auf den Asphalt oder aufs Pflaster geschlagen war. Das wollte er nicht. Nur so fest, daß sie weinte. Sie weinte meistens. Oder er kniff sie in den Rücken oder stach mit einem gespitzten Bleistift zu. Im Gedränge an der Bushaltestelle konnten es viele gewesen sein. Bis sie sich umgewandt hatte, stand er längst palavernd zwischen seinen Klassenkameraden. Ihre dünnen Beine zitterten unter dem schäbigen karierten Röckchen. Sie trug auch im Winter oft Kniestrümpfe und fror vielleicht. Viola kreischte nicht auf, wie andere Mädchen, höchstens ein kurzer Schmerzensschrei. Lautes Heulen hätte bloß Schadenfrohe und Nachahmungstäter angelockt. Ein leise kullerndes Wimmern. Und viele Tränen, die helle Spuren mit grauen Rändern in ihr Gesicht zogen, weil die Mutter sie am Morgen nicht gewaschen hatte. Sie weinte so bitterlich. So wunderbar verlassen. Viola war ganz allein auf der Welt. Drehte sich hilfesuchend im Kreis, aber von wo sollte Hilfe kommen. Nicht einmal vom Herrn, sie ging ja nicht zur Kirche. Oder um wenigstens zu wissen, wer so gemein war. Dann konnte sie sich in Acht nehmen. Ihre Augen flatterten wie junge Amseln, die aus dem Nest gefallen waren. Sie drehte sich noch einmal und noch einmal. *Es tanzt ein Bi-Ba-Butzemann in unserm Kreis herum, fidebum.* Niemand interessierte sich dafür. Sie war viel kleiner als die anderen. Winzig klein und dünn, fast unterernährt. ›Dirk Reuter war's, ich hab es genau gesehen. Aber Reuter ist stärker als ich.‹ Dann nahm er sie tröstend in den Arm. Tupfte mit seinem Taschentuch behutsam die Tränen ab. Ihr Gesicht sah danach verschmiert aus. Streichelte ihr sacht übers Haar, das selten nach Shampoo roch.

Als Reuter und Lackmann ihn der Verliebtheit bezichtigten, zog er die Brauen hoch und kündigte für die nächste Gelegenheit einen besonders kräftigen Tritt an. Er würde es ihnen zeigen. Die Aktion verlief planmäßig, alle lachten, kurzfristig wuchs sein Ansehen, er wurde in Ruhe gelassen.

Viola verstand nichts.

›Mein Vater hat gesagt, es gibt hier keine Wölfe.‹

›Ich warne dich, Viola. Du wirst es bereuen, wenn du mir nicht glaubst. Außerdem kann ich's beweisen. Aber du wagst dich ja doch nicht in den *Röderer Forst*.‹

Wieder Gekicher. Heinrich meinte einen schmutzigen Unterton herauszuhören. Offenbar hatte eine das Wort erraten oder den letzten Buchstaben gefunden, und es war zweideutig gewesen. Er blinzelte unauffällig, aber Silvie drehte das Papier absichtlich so, daß er nichts erkennen konnte, kritzelte heftig, bis alle Buchstaben von einer dichten Schraffur überdeckt waren, schaute ihm plötzlich ins Gesicht, ließ das Blatt sinken, damit er den Balken auch sah.

»Du bist dran, Katja.«

Irgendwie meinte sie ihn mit.

Über dem reifen Getreide flirrte warme Mittagsluft. Er bog in den Feldweg ein. Viola auf seinem Gepäckträger klammerte sich an ihn. Er hatte ein langes Seil über die Schulter geworfen, Vaters Fernglas schlug abwechselnd gegen Brustbein und Lenkstange. Manchmal traf es ihre Hand, dann zuckte sie, ohne ihn loszulassen.

Niemand traute sich in den *Röderer Forst*, obwohl er nicht groß war. Ein Wäldchen inmitten Kuhweiden, Ackerland. Es gab keinen Weg. Das Unterholz wucherte. Man konnte nur wenige Meter hineinsehen. Mit Vaters Sonntagswald hatte es keine Ähnlichkeit. Ein furchteinflößender Ort, an dem man von fremden Männern umgebracht wurde, die neben einem anhielten und süße Versprechungen machten, wenn man zu ihnen ins Auto stieg. Ihm war mulmig. Weniger wegen der Wölfe. Alle Verantwortung hing an ihm. Auf Viola brauchte er bei Gefahr nicht zu rechnen. Die konnte nicht einmal Fahrrad fahren. Wenn wenigstens Ulrich dabei gewesen wäre, doch der hätte ihn später vielleicht verraten. Vom morschen Hochstand aus wäre das Gelände besser zu überblicken, aber unten war ein Schild *Betreten verboten* angebracht, dem er lieber gehorchte. Viola vertraute ihm blind. Ein Hundevertrauen. Er brach einen kräftigen Ast ab, um die Brennesseln niederzuschlagen, Dornenranken auseinanderzureißen. Durch seine dünnen Socken stach es trotzdem. Nach wenigen Schritten standen sie an einem schwarzen See. Jemand hatte eine alte Waschmaschine ins Wasser gekippt, Teile einer Kommode verrotteten, Reifen, Wellblech, Kleidersäcke. Die Säcke waren aufgeplatzt, zerrissene Hemden hingen wie Vogelscheuchen im Gestrüpp, mit Haaren aus Pappmaché. Soweit er sehen konnte, standen die Bäume in dem flachen, versumpften Tümpel, durch den ein in längst vergessenen Zeiten aufgeschüttetes Deichnetz führte. Damals hatten die Bauern hier Torf für ihre Gemüsebeete, fürs Herdfeuer gestochen.

Silvie streifte sich ihren Pulli über den Kopf. Dehnte ihren Oberkörper, bog sich in den Rücken, so daß die kleinen Brüste, die bislang lediglich stark vergrößerte Warzen waren, vom Stoff des T-Shirts nachgezeichnet wurden. Einen BH trug sie nicht. Ihm fiel die Hitze jetzt auch auf. Wahrscheinlich war der Thermostat defekt. Die Temperatur ließ sich nicht regulieren. Schlamperei, wo man auch hinkam. Wie sollte es da wieder aufwärts gehen? Er überlegte, das Jackett auszuziehen, fürchtete aber, daß sich Schweißflecken unter den Achseln gebildet hatten. Er schwitzte schnell und stark. An heißen Sommertagen hatten seine Hemden abends Salzkränze und gelbliche Stellen. Gerda schauderte es beim bloßen Hinschauen. Sie bestand darauf, daß er diesen *Wrung*, wie sie es nannte, selbst in den Wäschekorb warf: ›Ich fasse das nicht an.‹

›Viola, zieh dein T-Shirt aus, mit dem Rot verscheuchst du doch alles.‹

Nach kurzer Zeit war ihr schmaler bleicher Oberkörper mit roten Brennesselpusteln übersät. Die Rippenbögen zeichneten sich deutlich ab unter der Cellophanhaut. Es gab kein Zurück. Auf eigene Faust fände sie den Heimweg aus dieser Wildnis nicht. Da stürbe sie mutterseelenallein, und die Krähen pickten ihr das Fleisch säuberlich von den Knochen. Er arbeitete sich mühsam vorwärts. Viola stapfte drei, vier Schritte hinter ihm, blieb dann stehen und wartete, bis er das nächste Stück freigeschlagen hatte. Unter der Anstrengung verflüchtigte sich für Momente die Angst. Er hatte noch nie so schwarzes Wasser gesehen. Schwarz wie Motoröl und ebenso dickflüssig. Der Sündenpfuhl, in dem man leicht versinken konnte, wenn man sich nicht züchtig benahm, und auf dessen Rückseite sich die Pforten der Hölle auftaten. Er wühlte mit dem Stock im Grund, stocherte, Blasen stiegen kullernd an die Oberfläche. Es roch nach faulen Eiern, wie die Stinkbomben, die Reuter in den Schulfluren detonieren ließ. Am Stockende klebte zäher Schmier.

Dann sah er das Reh. Keine drei Meter vor sich. Ein Lauf ragte aus dem Wasser. Man hielt ihn erst für einen Ast, aber die Hufe waren deutlich erkennbar. Kein Gehörn. Eine Ricke. Das Auge schaute milchigweiß in die rauschenden Pappelkronen, deren silberne Blätter, durch die Dreckbrühe gebrochen, ihm wohl bloß noch grau erschienen. Und die zerfetzten Himmelsstücke dazwischen? Aber es sah nicht traurig aus. Im Fell hatten sich Luftbläschen verfangen, die Totenwache hielten, bis sich alles aufgelöst hatte. An seiner höchsten Stelle wölbte der aufgeblähte Leib sich als Haarinsel aus dem Wasser. Er sah nirgends Würmer. Vielleicht konnten Würmer unter Wasser nicht atmen. Wie Menschen. Und keine Blutegel. Die gab es in diesem Loch bestimmt, die gab es sogar in sauberen Seen. Man mußte seinen Stock nur lange genug hineinhalten, dann saßen welche dran. Sicher war das Blut in den Adern geronnen, oder sie kamen ohne Zähne nicht durch die Decke und hatten sich hungrig wieder in den Schlamm zurückgezogen. Die tödliche Bißwunde war nicht zu erkennen, auch an der Kehle nicht. Vermutlich befand sie sich auf der Rückseite.

»*l*?«

»Nein.«

Bauchkreis. Offenbar war wieder Silvie an der Reihe.

»*w*?«

»Auch nicht.«

Erster Arm.

»*r*?«

»Haste doch schon.«

»Dann *s*.«

»M'm.«

Triumphierendes Lächeln. Zweiter Arm.

_ _ *h* _ _ *t e r*, sah er auf dem Blatt. Dem baumelnden Strichmännchen fehlten nur noch die Beine.

»Wissen Sie's?«

Er schaute sich irritiert um – außer ihm konnte niemand angesprochen sein – und schüttelte den Kopf. Er mußte sich dringend mit den Unterlagen beschäftigen. Für solche Sperenzchen hatte er keine Zeit.

Brauchte es weitere Beweise? Er zog Viola heran, damit sie die Beute mit eigenen Augen sah.

›Frisch gerissen. Vermutlich kurz bevor wir gekommen sind. Guck: Da unten läuft Blut ins Wasser.‹

Sie nickte.

›Ich hab dir's gesagt. Glaubst du mir jetzt?‹

›Ja, aber ich hab Angst. Laß uns nach Hause. Bitte, Heini, laß uns hier weg.‹

Beim anderen Ufer plötzlich Rascheln, dann klatschte etwas aufs Wasser, zwei, drei Schläge, ein flüchtiger Umriß huschte ins Gebüsch, es spritzte, dünne Zweige brachen, die Sträucher bewegten sich nochmals. Ein grauer Schatten, schäferhundgroß oder kleiner, vielleicht nur ein aufgescheuchter Reiher, nicht zu erkennen, verschwand im Dickicht.

›Da! Siehst du ihn? Da hinten.‹

Viola schüttelte den Kopf.

›Schon weg. Aber da war einer. Ich hab ihn genau gesehen. Die warten, daß wir abhauen, damit sie fressen können. Sei froh, daß du das T-Shirt ausgezogen hast. Wölfe mögen kein Rot.‹

Der schmächtige Oberkörper über dem kurzen Rock, ihre zerkratzten Storchenbeine mit den heruntergerutschten Kniestrümpfen: ein durchgehendes, nicht mehr beherrschbares Schlottern. Sie krampfte die Händchen ineinander, es half nicht. Der übergroße Kopf ruckte wie unter Strom. Viola weinte. Dazu gab es keinen Grund. Sabber in den Mundwinkeln, am Kinn. Heulsuse. Dicker Schnotter in der Nase. Wie ein Baby. Dabei war sie schon sieben und, wenn sie nicht sitzengeblieben wäre, im zweiten Schuljahr.

Bis jetzt wußte er nicht einmal, welchen Umfang die Unterlagen hatten.

Mit der Daumenkuppe, leicht, versonnen, strich Silvie ihr Schlüsselbein entlang, schob das T-Shirt zur Seite, bis an die Schulter fast, schaute in ein weites Land, als erinnerte sie sich des Glücks dort, oder hatte eine Ahnung davon, vage erst und anfänglich, ein wohliges Gefühl, das sich im Körper ausbreitete, seltsam gegenstandslos und doch bestimmt. Poren öffneten sich, bis sie ganz durchlässig wurden. Ein Prickeln machte es sich in der Bauchhöhle bequem, dehnte sich aus, in Wogen, rhythmisches An- und Abschwellen, lange Nachtstunden, wunderlich, unbeschwert, in denen sie erst spät einschlief, schuldlos, denn die schmutzigen Gedanken lauerten noch anderswo.

Mutter, die er einmal halbnackt im Bad erwischt hatte, weil die Tür nicht abgeschlossen gewesen war, so daß er sich unbemerkt hinter sie hatte schleichen können und mit beiden Händen ihre Oberschenkel entlang streicheln, hatte sich ähnlich angefühlt. Wie nasse Seidenblusen an der Wäschespinne. Ganz anders als sein kleiner Bruder, wenn sie sich samstags in der Wanne gegenseitig den Rücken schrubbten oder an warmen Sommertagen in der Badeanstalt um den Wasserball prügelten. Im selben Moment hatte er aus der vollen Drehung eine geknallt bekommen, und seine Backe hatte den ganzen Tag gebrannt.

Silvie kaute auf dem Bleistift herum, schob ihn im Mund hin und her. Ihr Unterarm rutschte über den unförmigen Brustwarzenknubbel, was ihr innen die Wirbelsäule hinunter bis in die Zehenspitzen zog, so jedenfalls hatte Gerda es beschrieben, als sie sich unter seinen Händen noch aufbäumte, außer sich geriet, die Besinnung verlor. Nachher schämte sie sich ihrer Unkontrolliertheit. Manchmal weinte sie vor lauter Scham. Schließlich hatte sie es in den Griff bekommen. ›Man muß sich beherrschen lernen, das ist das A und O‹, hatte sein Vater immer gesagt.

Er schaute, ob sich Silvies Brustkorb übermäßig heftig hob, ob der Schleier über ihrem Blick hing, ob sie zu lautes Atmen hinunterschlucken mußte.

»Nein, ich sag es nicht … Es hat mit Rittern zu tun … Und mit Schwertern.«

Ihre Stimme klang albern. Sonst allerdings normal.

Als hielte er ein überdimensionales hartgekochtes Ei zwischen den Händen, vorsichtig gepellt, die Schalenhäute sorgfältig abgezogen.

Im Inneren schlug noch das Kükenherz, hastig, die Luft war knapp. Sein Schnäbelchen hackte auf glasig geronnenes Weiß ein, auf eine poröse Membran, elastisch wie eine Gummischicht, die sich nicht durchstoßen ließ, jedem Schlag nachgab, wie ein Trommelfell, gerade durchlässig genug, daß die Atemnot nicht durch Ersticken beendet wurde. Ein Keuchen, ein Pochen, ein Zucken unter seinen verdreckten Händen. Drüsen sonderten Schleim ab, der die Fingerspitzen gleiten ließ. Wie auf einem Fettfilm rutschten sie davon, schwerelos, ohne Eile, über Hügel, Senken, Spalten, Wülste, gelangten unvermutet auf ein Noppenfeld, dicht an dicht helle Pickelchen, rosa umkränzt, überhitzt, glühend. Sie stolperten, knickten um, denn der Schleim war plötzlich aufgetrocknet und einer zähen Feuchtigkeit gewichen. Die klamme Kraterwüste aus Brennesseleinschlägen, verkrusteten Dornrissen, warf Fältchen unter der drängenden Berührung, verfärbte sich, die Krusten platzten, sobald sie zusammengepreßt wurden, das Faltenmassiv wollte fliehen vor der dumpfen Treiberhand, wurde eingeholt, überrollt. Er hinterließ eine Spur winziger schwarzer Würstchen, bröselige Wickel aus Schmutz und Hautresten, wie Radiergummiabrieb. Er wollte sie fortschnippen. Sie blieben haften, an den Noppen, in Ritzen, an seinen Fingernägeln, am Handballen. Klebrige Schmutzschweißhautkrumen. Er schnippte fester, ohne Rücksicht, wischte sich die Finger an der Hose ab, kratzte, zog lange Striemen, die sich röteten, einige bis aufs Blut, wischte wieder und wieder, kniff, schlug. Der fahle, nach Schimmel und Lumpen duftende Eikörper vollführte seltsame Verrenkungen, ächzte, stöhnte, preßte sich an ihn, pulste, dehnte sich aus, umhüllte ihn, bis er ganz eingeschlossen war, von einer dehnbaren Kunststoffolie, wie Mutter sie über die Plastikschüsseln mit Essensresten zog, ehe sie in den Kühlschrank kamen, nur nicht so durchsichtig, trüber, mattschimmernd. Er mußte sich befreien, losreißen, sonst würde es ihn verschlingen, durchkauen, hinunterwürgen. Ätzende Säfte fraßen Löcher in seine Haut, ein fleischfressendes Veilchen, *viola carnivora*, würde ihn sich einverleiben, ihn zu einer dicken Nährlösung verarbeiten, zu süßlichem Proteinbrei. Aber er hatte Zähne, im Unterschied zu den Blutegeln, zu dem panisch hackenden Küken, hatte er Zähne, messerscharfe Schneidezähne und spitze Reißzähne: Er biß zu. Mitten in einen Schrei, schrill und fremd. Die Pappeln hörten zu rauschen auf, Drosseln, Grasmücken, Gelbspötter brachen ihren Gesang ab. Salz, ranzige Butter zuerst, dann platzte die Haut auf, das Innere stülpte sich hervor, eine glitschige Masse quoll in seinen Mund, fest und weich, warm, faserig, ekelhaft wohlschmeckend. Für einen Moment gab die Umklammerung nach. Er riß sich los, sprang auf, stand schon, spürte die Brennesseln nicht, noch die Zweige, die ihm ins Gesicht schlugen, nur daß er kaum schneller wurde. Als würde er unter Wasser rennen. Ein böser Zauber hatte die Luft in Gelatine verwandelt. Seine Muskeln hatten dieselbe Zähigkeit wie in Alptraumfluchten. Und der Feind kam unaufhaltsam näher, er trat in ein Sumpfloch, würde ihn einholen, knöcheltief, stolperte, fiel hin, überwältigen. Er griff nach Steinen, Erdklumpen, Blechdosen, schleuderte alles, was er zwischen die Finger bekam, was er erreichen, greifen konnte, in die Büsche. Er kam wieder auf die Beine, fand kein Gleichgewicht, strauchelte erneut, krallte sich in die

Hecke, um nicht fortgerissen zu werden, hielt sich mit Mühe, weggespült von einem Strom geronnener Luft, zog sich von Stamm zu Stamm, klammerte sich fest, so weit waren sie doch gar nicht gekommen, zwanzig, dreißig Meter doch höchstens, sah endlich die Rüben, wenige Schritte entfernt, den schmalen Streifen Gras am Rand, sah sein Fahrrad, Gott sei Dank, sein Fahrrad lag noch da.

Mattigkeit und Kopfweh. Das hing mit dem Wetter zusammen. Beim nächsten Halt müßte gelüftet werden. Er schaute auf die Uhr. Es war bereits nach halb zwei. Außerdem konnte er etwas zu essen vertragen. Ein Sandwich, eine Bockwurst, oder was der Mann mit der Minibar sonst anzubieten hatte.

Auf dem Marktplatz, zwischen dem Tor zum Kirchhof und der alten Gerichtslinde, an der früher die Viehdiebe aufgeknüpft worden waren, lag unübersehbar als Mahnung für alle, *die auch nur einem dieser Kleinen ein Leid zufügen*, der verwitterte Mühlstein aufgebockt. Allsonntäglich ging er an ihm vorbei in die Messe. Beklommen. Gerda fand es schön, daß auf diese Weise an alte Handwerkstraditionen erinnert wurde. Vor einigen Jahren hatten sie dort eine Volksmusiksendung fürs Fernsehen aufgezeichnet.

Der Speisewagen sei überteuert und schlecht dazu, hieß es. Er hatte vergessen, Aspirin einzustecken. Abgesehen davon, daß sein Magen nüchtern keine Medikamente vertrug. Warum beschäftigte er sich mit Unsinn. ›Mir kannst du's doch erzählen. Heinrich. Ich bin doch deine Mutter.‹ Mit welcher Begründung denn. Er hatte, weiß Gott, Wichtigeres zu tun. Ein vernünftiger Mensch von fast achtunddreißig Jahren sollte wohl in der Lage sein ... Zu was? Den nervösen Magen hatte er von Vater, der durfte sich nicht aufregen, sonst hatte er gleich eine Schleimhautentzündung. Man konnte nicht für alles und jedes den Eltern die Schuld in die Schuhe schieben. Da machte man es sich ein bißchen sehr einfach. Außerdem war damit niemandem geholfen. Im *Röderer Forst* gebe es tollwütige Füchse, hatte es geheißen. Die Mütter erzählten solche Geschichten, damit man dieses und jenes auf gar keinen Fall tat. Viola Kleppe sei angefallen worden. Wobei man natürlich nicht wisse, ob nicht der Vater im Suff… Und was hatte so ein Kind, bitte schön, allein im Wald verloren. Die Jäger brachten Gift aus, nagelten Warnschilder an die Bäume. Wie oft hatten Reuter und seine Bande ihn verprügelt. Und Annie, seine Cousine, hatte ihm ohne Grund unterm Tisch ins Bein gebissen. Da sagte keiner etwas. Aber Viola rannte davon, wenn er auf dem Schulhof auch nur in ihre Nähe kam. Versteckte sich hinter Sträuchern, hinter den Mülltonnen. Verpaßte sogar den Bus, weil sie so spät wie möglich an der Haltestelle sein wollte. Als wär der Teufel hinter ihr her. Er hätte ihr wohl kaum einen Heiratsantrag machen müssen. Er war neun gewesen, höchstens zehn. Kinderkram. Diese Leute lebten seit Generationen ohne Außenkontakt. Warum sollte das plötzlich anders sein. Immerhin hatte sie den Mund gehalten, ihn nicht verleumdet. Was auch noch schöner gewesen wäre. Schließlich hatte sie Wölfe sehen wollen.

Abgrundtief häßliche Industrieansiedlungen zogen vorbei. Röhren, Kessel, Fördertürme, wo man auch hinsah. Wie die Leute es hier aushielten. Vermutlich hatten sie mit Atemwegserkrankungen zu kämpfen. Allergien, Pseudokrupp, Bronchialasthma. Die Kinder vor allem. Und dann war das Gezeter groß, wenn sie über die Stränge schlugen. Er hatte sich alle Mühe gegeben, Gerda ein guter und zuverlässiger Mann zu sein. Tatsache war, daß er sie unterstützte, wo er konnte. Aber von ihm wurde ebenso erwartet, daß er jeden Tag seine Leistung brachte. Seinethalben konnte sie auch auf halbe Stelle gehen. Finanziell wäre das kein Problem. Mit ein bißchen Einschränkung. Zusammen bekämen sie die derzeitigen Schwierigkeiten in den Griff. Nervenreizung infolge dauernder Überlastung. Dr. Knaup könnte ihr ein Aufbaupräparat spritzen, damit sie wieder auf die Beine kam. Wahrscheinlich sah sie auch zuviel fern oder die falschen Sendungen. Ihn brachten Kriminalfilme und Liebesdramen immer ganz aus der Fassung. Er würde in den nächsten Wochen den Hausputz übernehmen. Und den Abwasch. Darauf drängen, daß sie wieder häufiger spazieren gingen.

Wenn wenigstens der Regen endlich aufhören würde. Kein Wunder, daß einer da auf trübe Gedanken kam.

Silvie preßte sich die Hände vor den Mund, um nicht laut loszulachen.

»So witzig finde ich das nicht.«

»Kennst du keine normalen Wörter, oder was?«

»Meine Damen und Herren, in wenigen Minuten erreichen wir Düsseldorf Hauptbahnhof.«

Der Kleinen gingen die Pferde durch. Luder. So gesehen wäre es besser, wenn er sich umsetzte.

»Spielt doch *Stadt Land Fluß*.«

»Wollen Sie mitspielen?«

»Um Himmels willen. Nein. Ich muß jetzt aussteigen.«

Er stand auf, holte seinen Koffer von der Ablage und trat auf den Gang. Rechts ging es zur 1. Klasse. Der nächste Ausstieg befand sich links. Er drückte seine Stirn gegen die Fensterscheibe.